위로의 음식

위로의 음식

초판 인쇄 2012년 10월 5일
초판 발행 2012년 10월 10일

지은이 곽재구 · 황인철 · 최은숙 · 김영미 · 소병훈 · 서명숙 · 최승주
서형숙 · 최익현 · 박경태 · 최성현 · 강량원 · 허수경 · 김용택
발행인 권경미
발행처 도서출판 책숲
등록번호 2011년 5월 30일 제2011-000083호
주소 서울시 용산구 후암동 404-31
전화 070-8702-3368
팩스 02-318-1125

ISBN 978-89-968087-3-2 03810

이 도서의 국립중앙도서관 출판시도서목록(CIP)은 e-CIP 홈페이지
(http://www.nl.go.kr/cip.php)에서 이용하실 수 있습니다.
(CIP제어번호 : CIP2012003755)

지 치 고   힘 든   당 신 을   응 원 하 는   최 고 의   밥 상 !

위로의 음식

곽재구 황인철 최은숙 김영미 소병훈 서명숙 최승주
서형숙 최익현 박경태 최성현 강량원 허수경 김용택

책숲

차
례

호롱불 빛 속의 삶은 콩 한 접시

저물 무렵 랄반 호수가 바라보이는 그 작은 노천식당에서 아이로부터 나뭇잎 한 그릇의 식사를 받아 들고 내 허름한 영혼이 조금씩 맑아지는 느낌이 들었다. 아이로부터 건네받은 나뭇잎 위의 삶은 콩을 천천히 먹으며 내 남은 시의 시간들이 어떻게 밥값은 할 수 없을까 생각하는 동안 색색의 반딧불이들이 천천히 호숫가의 마을을 떠돌았다.

산티니케탄은 인도 웨스트벵골 주에 자리한 한적한 대학 도시다. '평화의 마을' 이라는 뜻을 지닌 이 도시에는 비스바바라티라는 이름의 국립대학이 자리하고 있고 대학 주위로 오래 묵은 숲과 호수가 있다. 그곳에 있는 동안 나는 매일 아침 그곳 숲길을 걸었는데, 새소리와 꽃향기로 가득 찬 숲길을 걷는 동안 음악 대학의 학생들이 부르는 타고르의 시노래들을 들을 수 있었다. 나는 걸음을 멈추고 한동안 그 시노래들을 들으면서 지상에서 가장 아름다운 악기 소리가 인간의 목소리라는 것을 처음 깨달았다. 사실 음대 학생들이 아침에 부르는 노래가 타고르 시인의 시노래인 줄은 전혀 알지 못했는데, 어느 아침 분홍색의 사리를 아름답게 차려입은 한 여학생으로부터 타고르가 그런 시노래를 3천 편 이상 썼음을 들었다. 시노래라 함은 우리의 동시와 비슷한 것인데, 타고르는 여기에 곡까지 즐겨 붙였단다.

음악 대학 쪽으로의 아침 산책은 타고르의 시노래 외에도 즐거움이 또 한 가지 있었다. 바로 음대 매점이었다. 매점의 주인 사내는 비스바바라티의 미술 대학 출신이었는데, 그가 만든 아침 토스트와 짜이 맛이 일품이었다. 토스트는 거친 밀가루로 빚은 빵을 두껍게 칼로 썬 뒤 불판에 익혀 꿀을 발라 주었는데, 학생과 선생들이 함께 초가지붕을 얹은 매점의 시멘트 의자에 옹기종기 앉아 토스트에 짜이를 마시는 모습이 보기 좋았다. 가끔은 숲의 원숭이들이 곁으로 다가와 토스트를 먹는 모습을 지켜보곤 했다. 구근이라고 불리는 삶은 콩 요리를 토스트에 곁들여 주기도 했는데, 이렇게 먹는 아침 한 끼의 값이 10루피, 우리 돈 200원이 조금 넘었다. 주인 사내에게 밥값으로 10루피 지폐를 건넬 때마다 나는 돈이 아닌 무슨 나뭇잎 한 장을 건넨다는 느낌이 들었다.

음대 매점에서 아침 식사를 끝내고 디어 파크라는 공원을 지나면 호수

음대 매점에서 아침 식사를 끝내고
디어 파크라는 공원을 지나면 호수가 보였다.
사슴이 산다는 공원보다도 랄반이라는 이름의 호수가
마음에 들었는데, 랄반은 '붉은 흙' 이라는 뜻이라고 했다.

가 보였다. 사슴이 산다는 공원보다도 랄반이라는 이름의 호수가 마음에 들었는데, 랄반은 '붉은 흙' 이라는 뜻이라고 했다. 그러고 보니 호수 주위를 감싸고 있는 작은 길들이 모두 황토 빛이었다. 내가 그 호수를 좋아하는 것은 그 호숫가에 모여 사는 사람들 때문이었다. 호숫가에 작은 움막집을 짓고 살아가는 사람들은 '아디바시' 라고 불렸다. 카스트 계급 밖의 사람들을 뜻하지만 이들의 삶은 콜카타 같은 대도시 주위의 불가촉천민들과는 달랐다. 그들은 농사도 짓고 호수에서 물고기를 잡거나 빨래를 하며 살아가는데, 그들이 살아가는 모습이 늘 가슴 뭉클했다. 마을 아낙들 중에는 나와 얼굴을 익힌 이들도 더러 있었는데, 그들은 버려진 옷가지들을 주워다 그것을 새끼처럼 엮어 가방을 만들었다. 이틀이나 사흘 걸려 만든 가방은 색들의 조화가 아름다웠는데, 그렇게 만든 가방 하나를 20루피나 30루피에 팔곤 했다.

어느 날 오후 이 마을에 들렀다가 마을 안에 자리한 작은 초등학교를 발견했다. 학교라고 해야 전체가 우리네 초등학교 교실 한 칸쯤의 크기였는데, 그 안에 작은 운동장과 교실 한 칸이 자리하고 있었다. 얼핏 그냥 지나쳤더라면 그 안에 학교가 자리하고 있으리라고는 생각조차 할 수 없었을 것이다.

학교에 들른 나는 아이들이 노래를 부르며 영어 공부하는 모습을 흥미롭게 지켜보았다. 그중 한 아이가 사진을 찍어 달라고 했다. 아이의 사진

몇 장을 찍어 준 뒤 이름을 묻자 땅 위에 자신의 이름을 영어로 또박또박 썼다. 흙 위에 제 이름을 쓰는 아이의 모습이 사랑스러웠다. 한 아이가 세계의 이름을 하나씩 익혀 가며 그것을 자신의 문자로 기억하는 순간만큼 아름다운 시간이 또 있을까.

반딧불이들이 반짝반짝 빛을 뿌리기 시작하는 호숫가의 길가에서 작은 식당 하나를 발견하고 걸음을 멈췄다. 식당이라고 했지만 그 식당에는 테이블도 의자도 없었다. 한 아이가 양동이 안에 삶은 콩을 가지고 나와 파는 게 전부였다. 아이는 통 위에 작은 호롱불 하나를 얹어 두고 손님을 기다리고 있었다.

불빛 속에서 아이의 얼굴을 본 순간 나는 '노모스카!' 하고 벵골어로 인사를 했다. 아이도 환하게 웃었는데, 학교에서 제 이름을 흙 위에 써 주던 바로 그 아이였다. 아이는 큼지막한 나뭇잎 위에 삶은 콩을 한 주걱 올려 주었는데, 지나가는 사람들이 자전거를 멈추고 그곳에서 저녁 식사를 했다. 일을 마친 릭샤왈라들이 멈춰 서서 삶은 콩을 먹었고, 도로 포장공사나 목수일, 빨래 일을 끝내고 돌아오는 이들이 어둠 속에 서서 삶은 콩 요리를 먹었다.

희미한 호롱불 빛 아래 멈춰 서서 삶은 콩을 먹는 사람들의 모습이 그 어떤 명화 속의 풍경보다 따스하고 아름답게 다가왔다. 나 또한 아이로부터 삶은 콩을 한 접시 받아들었는데 왠지 가슴이 설레고 손끝이 떨렸다.

한 아이가 세계의 이름을
하나씩 익혀 가며
그것을 자신의 문자로 기억하는 순간만큼
아름다운 시간이 또 있을까.

그날 나는 한 편의 시를 썼다.

적빈寂貧

보름달 아래 한 아이가 삶은 콩을 팔고 있다
호수에 비친 달빛이 파랗다
나뭇잎 접시에 담은 삶은 콩은 3루피
얼굴 까만 사람들이 삶은 콩을 먹는 모습을
보름달이 물끄러미 바라보고 있다
새끼 염소가 젖을 빠는 소리가 보리수나무 잎사귀를 흔든다
난 언제 당신에게 3루피 밥 한 끼 지어 줄 수 있을까
2루피 누룽지 한번 만들어 줄 수 있을까
1루피 시 한 편 써서 읽어 줄 수 있을까
나뭇잎 접시 위의 삶은 콩이 반짝 빛난다
하늘의 별 중 누군가 3루피를 들고 내려왔기 때문이다

아이가 학교에서 땅 위에 제 이름을 적는 순간 내 마음에는 이미 울림이 있었다. 눈빛이 참 맑고 서늘했던 그 아이는 제가 쓴 이름만큼, 맑은 눈빛만큼의 생의 무게들을 앞으로 살아낼 것이다. 나는 내 이름을 언제 처음

땅 위에 적었을까. 그 기억은 또렷하지 않다. 그렇지만 나 또한 내 이름을 나뭇가지나 손가락으로 땅 위에 적었던 순결한 순간들이 분명 있었을 것이다. 아이가 제 이름을 땅 위에 쓰는 순간 나는 많이 부끄러웠다. 내가 쓴 내 이름들은 그동안 어느 땅 위에, 지상의 어느 나뭇가지에 걸쳐 펄럭이고 있을까. 내 이름 석 자를 단 허름한 시들이 떠올랐고 그 시들에게 많이 미안한 생각이 들었다.

내가 산티니케탄에 들어온 것도 사실은 허름하기 이를 데 없는 내 시들의 영혼을 위해서가 아니었던가. 스무 살 때 처음 시의 길로 들어설 작정을 하며 꿈꾸었던 그 맑고 순정한 시간들의 꿈이 땅 위에 쓴 아이의 이름 속에서 희미하게 빛나고 있었다. 저물 무렵 랄반 호수가 바라보이는 그 작은 노천 식당에서 아이로부터 나뭇잎 한 그릇의 식사를 받아들고 내 허름한 영혼이 조금씩 맑아지는 느낌이 들었다. 아이로부터 건네받은 나뭇잎 위의 삶은 콩을 천천히 먹으며 내 남은 시의 시간들이 어떻게 밥값은 할 수 없을까 생각하는 동안 색색의 반딧불이들이 천천히 호숫가의 마을을 떠돌았다.

곽재구 시인 · 순천대 문예창작학과 교수. 우리 시대의 삶과 아픔을 따뜻한 시선으로 감싸안으며 희망을 노래해 온 시인으로, 1981년 중앙일보 신춘문예에 「사평역에서」가 당선되어 등단했다. 시집 『사평역에서』 『서울 세노야』 『참 맑은 물살』 『꽃보다 먼저 마음을 주었네』 『와온 바다』, 산문집 『포구기행』 『예술기행 내가 사랑한 사람 내가 사랑한 세상』 『우리가 사랑한 1초들』, 동화집 『아기 참새 찌꾸』 『낙타풀의 사랑』 『세상에서 제일 맛있는 짜장면』 등을 펴냈다.

차례를 지내고 잘 구워진 조기의 살은 아이에게 모두 주고 머리가 맛있다고 그것만 드시던 모습이 측은하셨나 보다. 모든 이웃들이 가족과 고향을 찾아 멀리 떠난 명절 오후 술안주로 드시는 조기찌개만큼은 아무한테도 방해를 받지 말고 드시라는 어머니의 깊고 따뜻한 배려였다.

음식을 주제로 블로그를 포스팅한 지도 2년이라는 시간이 넘어간다. 음식이 좋아서, 먹는 것이 좋아서, 사람이 좋아서 시작한 음식 블로그의 포스팅이 많은 분들로부터 공감과 관심을 얻기 시작하자 생활에도 많은 변화가 생겼다. 신문과 잡지사의 인터뷰 요청이 들어오고, 방송 매체에서도 관심을 가지면서 점차 방송 출연 횟수가 늘어났다. 그러자 전에는 그냥 들렀던 마트에서도 한두 명씩 알아보고 인사를 건네는 분들이 생겼다. 환자들도 이미 소문이 퍼졌는지 진료를 받으러 올 때마다 방송 이야기가 빠지지를 않았다.

"음식은 언제부터 배우셨어요?"

"처음 만든 음식은 무엇인가요?"

"사모님이 정말 좋아할 것 같은데 집에서는 음식을 혼자 다 하시나요?"

많은 질문이 들어오지만 대부분은 이런 질문들이다.

'아기 받는 남자' 라는 타이틀에 걸맞게 임신에 관한 질문을 받으면 나는 언제라도 대답할 준비가 되어 있다. 평생 산부인과 의사라는 직업을 가지고 살아가는 나로서는 어쩌면 당연한 일일지도 모른다. 하지만 음식 관련 질문은 그렇지 않다. 같은 질문이라고 하더라도 질문을 하는 목소리의 톤이 바뀌거나 질문의 순서만 바뀌어도 한참을 생각하게 된다. 마치 대학교 시절 시험 전쟁을 치르는 중 떠오르지 않는 답안이나 단어를 떠올리려고 안간힘을 쓸 때의 느낌이라고나 할까? 항상 내가 생각해도 이해가 안 되는 이런 현상에 답을 찾은 날은 의외로 추석 명절이었고, 정답은 바로 아버지였다.

아마도 초등학교 시절로 기억된다.

그날 역시 평소와 같이 편안한, 여느 저녁 가족의 모습과 다르지 않았다. 아버지는 회사에서 퇴근하신 뒤 텔레비전 시청에 푹 빠져 계셨고 나는 밖에서 친구들과 한참 뛰놀다가 들어온 터라 배고픔에 부엌을 연신 들락거렸다. 여느 날 같으면 나의 배고픔을 보상해 주듯 보글거리는 소리와 구수한 냄새가 기다리고 있을 시간이었지만 그날따라 어머니가 안 보이셨다. 으레 시장에 가셨을 것이라고 생각했지만 곧 그 시간도 훌쩍 넘어 버리고 말았다. 지금이야 휴대폰으로 연락을 취해 볼 수도 있지만 그때는 그냥 연락만 기다리던 시절이라 배고픔은 궁금함과 함께 배가 되었다.

이북에서 월남하신 아버지에게 부엌이라는 공간은 지금 생각해 보면 그냥 밥을 먹는 장소였지, 음식을 하는 공간은 아니었다. 심지어 설거지를 하는 것조차 허락하지 않는 전혀 다른 세계의 공간이었다. 냉장고 문을 직접 여시는 모습조차 본 적이 없는 나에게 어릴 적 아버지가 밥을 해 준다는 것은 상상조차 할 수 없는 일이었다. 지금은 중국 음식이며 피자며 한 끼니를 해결할 수 있는 배달 음식이 널려 있지만 당시에는 벼르고 별러서 먹는 생일날 음식이 짜장면인지라 그렇게 어머니가 계시지 않을 때라도 마냥 기다릴 수밖에 없었다.

정말로 마냥 기다렸다. 7시가 되고, 8시가 되고……. 시계만 쳐다보던 어린 마음에 순간 묘한 충동이 일어났다. 왠지 아버지에게 음식을 한번 차려 주고 싶은 마음이 모락모락 피어난 것이다. 밥솥을 열어 보니 온기가 있는 밥이 아직 남아 있었다. 어린 눈으로 보기에 대략 두 공기는 충분히 나올 것 같았다. 무엇을 먹을까라는 고민은 아주 잠시, 그냥 내가 좋아하는 음식, 아니 내가 할 수 있는 음식으로 저녁 식사 메뉴를 정했다. 나는 어릴 적부터 음식에는 늘 관심이 많았다. 어머니가 식사 준비를 할 때면 졸졸 따라다니면서 어깨 너머로 보았다. 물론 보는 것도 재미있었지만 졸졸 따라다니면 간이라도 보라고 주는 그 한 숟가락이 훨씬 좋았던 것 같다. 어린아이의 입맛이 뭐 그리 뛰어났을까마는 어머니는 내가 졸졸 따라다니는 것이 무척이나 귀여웠던지 매번 그런 배려를 해 주셨다.

냉장고를 열어 보았다. 일단 김치며 기본 반찬은 보였다. 물론 그것만으로도 충분한 저녁 식사 거리는 되지만 순간 욕심이 났다. 아버지가 왠지 내가 차린 밥상에 감격을 할 것 같은 기대감이 충만해지고 이것이 곧 무언가를 꼭 만들어야 한다는 욕심으로 바뀐 것이었다. 순간 냉동실로 눈길이 쏠렸다. 지금 생각하면 먹는 것은 그리 걱정하지 않은 생활이었던 것 같다. 고향을 떠나 내려오셔서 자수성가한 분들의 대표적인 성실성과 쓸데없는 곳에는 절대 돈을 안 쓰는 절약의 결과라고나 할까? 짜장면도 그래서 생일날만 먹은 것이 아닌가 싶다.

당시 우리 집 냉장고에는 빨간 직사각형의 바구니가 늘 한구석을 차지하고 있었다. 빨간 바구니에는 쇠고기가 들어 있었다. 얇게 썬 쇠고기 위에 비닐을 깔고 다시 쇠고기를 겹쳐 쌓아 냉동실에 보관해 놓고는 틈틈이 먹고 싶을 때 꺼내 구워도 먹고 반찬에도 넣었다.

내가 아버지를 위해, 아니 누군가를 위해 처음으로 만든 요리가 바로 쇠고기 로스구이였다.

'탁탁탁' 프라이팬에 불을 지폈다. 해동도 하지 않고 딱딱한 쇠고기를 그냥 프라이팬에 올렸다. 키가 작아서 몸이 불편하자 의자를 하나 가져다 놓고 올라가 쇠고기를 뒤적이며 구웠다. 아버지는 무엇을 하는지 궁금해서 부엌에 들어오실 법도 했지만 부엌에는 눈길조차 안 주셨다. 고기 특유의 구수한 냄새를 맡아 가며 한 점 떼어서 먹어 보니 싱거운 것 빼고는 어머니가 해 주시는 고기맛과 비슷한 것도 같았다. 싱크대를 열어 소금을 찾아보았다. 그리고 참기름까지……. 소금장을 만드는 나의 솜씨를 보고 내가 놀랐다.

드디어 아까부터 외치고 싶었지만 꾹꾹 참아 두었던 한 마디를 외쳤다.

"아버지, 식사하세요!"

아버지가 밥상 앞으로 오시던 모습이 지금도 생생하다. 미소도 아닌, 그렇다고 짜증난 모습도 아닌 묘한 모습이었다. 밥을 엉성하게 퍼서 밥그릇 이곳저곳에 밥풀이 붙어 있었지만 아무 말씀도 하지 않으시고, 따뜻한 고기 한 점을 소금장에 찍어 입에 넣으시고는 이내 숟가락을 드셨다. 그러고는 묘한 웃음…….

아버지는 맛있다는 칭찬을 바란 나의 기대와는 정반대로 불조심에 관한 이야기만 계속 늘어놓으셨다. 그래도 야단은 맞지 않았다는 안도감으로 나도 정신을 차리고 밥을 먹었다. 그런데 이상하게도 어머니가 구워 준

고기 맛이 아니었다. 싱겁고 맹맹하다는 느낌밖에 없었다. 어머니는 고기를 구울 때 무슨 마술이라도 부리시는 건가…….

나중에 알았다. 내가 뿌린 것이 소금이 아닌 미원이었다는 것을……. 소금이 아닌 미원에 찍어 먹었던 고기 맛은 평생 기억할 정도로 나의 뇌리에 남아 있다. 또한 누군가를 위해 음식을 만들어 대접했다는 그때의 뿌듯함이 항상 나를 부엌으로 끌어들이고 있지 않나 싶다.

어린 시절 아버지와 나의 음식 이야기는 이렇게 쇠고기로 시작한다. 항상 근엄하고 무서운 아버지셨지만 이 음식 사건 이후 식사를 할 때면 말씀도 많아지고 부자간의 거리감도 많이 없어진 것 같았다. 특히 미원과 소금의 소동은 아버지도 즐거우셨던지 술 한잔 하시면 늘 단골로 꺼내 놓는 놀림 메뉴였다. 껄껄 웃으시는 아버지의 모습이 어린 나를 한편으로는 뿌듯하게 했고, 더불어 식사 후에 편안함까지 안겨 주는, 소화제보다 더 좋은 약이 되었다.

아버지가 저녁에 식사를 하실 때면 또 하나의 친구가 있었으니 바로 반주로 드시던 술 한 잔이었다.

저녁에는 항상 소주 한 병이 밥상에 같이 올랐다. 따뜻한 국이든, 찌개든, 심지어 마른반찬만 있어도 소주는 늘 같이 오르는 단골 친구였다.

어릴 적 아버지와 술에 대한 기억은 무척이나 좋다. 아버지는 평상시에는 과묵한 성격 탓에 별말씀이 없으셨지만, 술 한 잔 드시면 말이 그야

저녁에는 항상 소주 한 병이
밥상에 같이 올랐다. 따뜻한 국이든,
찌개든, 심지어 마른반찬만 있어도
소주는 늘 같이 오르는 단골 친구였다.

말로 술술 풀렸다. 화를 내기보다 따뜻한 말씀을, 벌보다 칭찬을, 그리고 가족의 소중함과 고향의 그리움에 대해 애잔하게 들려주고는 하셨다. 아울러 흥이 한참 올라서 절정의 순간이면 그동안 절약한 보물 주머니를 가족에게 푸시는 행복한 순간을 맞이했다. 한마디로 술에 관한 한 애주가이면서 우리에게는 행복을 전해 주는 전령이 바로 아버지셨던 것 같다.

그러던 어느 날 아버지가 밤늦게까지 술을 드셨다. 뭐 그럴 수도 있지 했지만 며칠 내내 늦게까지 술을 드셨다. 어두컴컴한 마루에 텔레비전이 켜져 있었다. 어머니는 분주하다 싶을 만큼 부엌에서 음식을 만드셨다. 아마도 아버지의 안주를 만드시는 것 같았다.

평소 식탐이라고는 없었던 나는 고소한 냄새에 잠을 이룰 수 없었다. 일찍 자라는 부모님의 말씀은 이미 잊은 지 오래였고, 그날만큼은 도저히 잠을 이루지 못하고 고개를 더 길게 뺐다. 아마도 밤에 만들어 드시는 음식보다 아버지가 밤늦게까지 텔레비전을 보면서 술을 드시는 것이 어린 마음에는 더 궁금했던 것 같다.

처음에는 부모님이 우리를 재워 놓고 말다툼을 하는 것은 아닐까 걱정도 됐다. 하지만 마루를 나와서 본 첫 모습은 다투기는커녕 두 손을 꼭 잡은 모습이었다.

텔레비전에서는 아나운서의 차분한 목소리가 흘러나왔다. 지금 생각해 보면 장례식장의 엄숙함마저 느껴지는 그런 분위기였다.

"왜 안 자고 나오니? 빨리 자야 내일 학교 가지."

아버지의 목소리가 살짝 떨렸다. 순간 본능적으로 아버지의 얼굴을 올려다보니 눈가에 눈물이 맺혀 있고 발갛게 상기된 얼굴이었다.

아버지가 운다? 상상이 안 되는 일이었지만 우시는 것이 확실했다. 아버지 등 뒤로 숨겨 놓은 휴지는 나의 추측을 확실히 뒷받침해 주었다. 평소 과묵하고 언제라도 든든한 버팀목이 돼 주실 거라고 믿어 의심치 않았던 아버지의 모습이 한순간에 사라졌다.

왜 우시느냐고 묻고 싶은 마음이 굴뚝같았지만 차마 물어보지 못했다. 잘 걸 괜히 나왔다는 후회도 밀려오고, 생소한 분위기가 이상해서 어쩔 줄 몰라 하고 있었다.

어색한 분위기도 잠시, 아버지 앞에 놓여 있는 안주에 눈길이 갔다. 뚝배기에 담긴 쇠고기 볶음이었다. 평소 아버지가 즐겨 드시던 안주이기도 했지만 밥에 비벼 먹으면 정말 감칠맛 나는 요리였다. 특별한 양념이 들어가는 것이 아니라 양파를 같이 넣고 들기름에 조선간장을 버무려 뭉글하게 끓이는 이 음식은 한 입만 먹어 보면 누구든지 반하곤 했다.

그런데 한 입 먹자마자 드는 생각이 맵다는 것이었다. 도저히 어린아이의 입맛으로는 감당할 수 없을 정도로 매웠다. 고춧가루도 맵거니와 같이 곁들여서 볶은 고추가 더 칼칼하면서도 매콤한 맛을 냈다.

"아빠, 매워서 울었어요?"

무심코 나온 어린아이의 질문이었지만 아버지에게는 그 어떤 청량음료보다 시원하고 반가운 질문이었을 것 같다.

"그래…… 엄마가 왜 이렇게 음식을 맵게 했다니?"

다음 날 알게 된 사실이었지만 아버지의 울음은 다름 아닌 '이산가족 찾기' 라는 텔레비전 프로그램 때문이었다.

'이산가족 찾기' 는 한국전쟁 이후 전국 각지에 떨어져 살던 실향민들을 위한 프로그램이었는데 방송국에서 직접 사연을 소개하고 만남까지 맺어 주었다.

이북에서 월남한 아버지도 혹시라도 고향 친척들이 나오지 않을까 밤새 프로그램을 시청하시던 중이었다. 그러다가 이산가족들이 만나는 장면을 보면 부러움에 눈물을 흘리시고, 고향의 부모님 생각에 또 눈물을 흘리시고, 돌아가신 사연이 소개될 때면 안타까움에 눈물을 흘리시니 며칠 동안 밤새 눈물이 마를 날이 없으셨던 것이다. 처음 하루 이틀은 그러다가 말겠지 하고 생각했다가 어머니도 그날 밤은 안주를 만들어 내오신 참이었다.

밥상에 올라온 음식보다 몇 배는 매웠던 그때의 쇠고기 볶음이 지금도 생각난다. 아마도 마음 아파서 울지 마시고 차라리 매워서 우시라는 어머니의 작은 배려가 아니었을까 싶다.

이런 어머니의 배려는 훗날 다른 안주에서도 나타났다.

민족의 가장 큰 명절인 추석은
실향민에게는 늘 즐거움과
아쉬움이 공존하는 날이다.

민족의 가장 큰 명절인 추석은 실향민에게는 늘 즐거움과 아쉬움이 공존하는 날이다. 온 국민이 한 달 전부터 명절 준비를 하고 고향을 찾아가지만, 갈 곳 없는 실향민에게는 명절 동안 텅텅 빈 서울의 모습처럼 한가로움과 쓸쓸함이 묻어 나온다.

그런 모습을 보기가 안타까웠던지 우리 집에서도 차례를 지내기로 했다. 갈 곳은 없지만 부모님을 위해 정성껏 음식을 만드는 일이라도 해야 허전함과 아쉬움을 달랠 수 있다는 생각에서였다. 물론 연세를 따지면 벌써 돌아가시고도 남았지만…….

과거와는 달리 명절 분위기가 났다.

어머니는 추석 일주일 전부터 차례 지낼 음식을 하나하나 준비하고, 아버지가 좋아하는 녹두전을 비롯해 고기며 생선, 전까지 제대로 준비했다. 가족들이 둘러앉아 송편을 빚는 모습이 나에게는 또 다른 즐거움이었으며, 한복을 입고 아버지와 함께 제사상에 음식을 올릴 때면 이제 나도 컸다는 뿌듯함마저 들었다.

하지만 그것도 차례를 지낼 때까지의 설렘일 뿐 더 이상 지속되지는 못했다. 아버지는 차례를 지내고 나서는 명절이 너무 길다고 느껴질 만큼 오랫동안 허전해하셨다. 낮잠을 주무시기도 하고, 텔레비전 채널을 이곳저곳 틀어 보기도 했지만 여전히 해는 중천에 떠 있었다. 그런 아버지의 모습이 안타까우셨던지 어머니가 술 한 상을 내오셨다.

안주는 조기찌개였다. 제사상에 올릴 음식을 사시면서 조기를 몇 마리 더 사 오신 모양이었다. 그런데 그 조기찌개는 지금 생각해도 무척이나 매웠다. 한 입 떠 먹고 연신 물을 마셔야 해서 더 이상 숟가락이 가지 못했다.

"조금 덜 맵게 하면 안 돼?"

참다 참다 어머니에게 한마디했지만 조기찌개는 이렇게 매워야 맛이 난다는 말씀만 돌아왔다. 그 순간 쇠고기 볶음을 먹으며 눈물을 훔치시던 아버지의 모습이 오버랩되었다. 술 한잔 하시고 부모님 생각에 눈물을 훔치실까 봐서 어머니가 또 맵게 요리하지 않았나 하는 기특한 깨달음이 온 것이다.

그때부터 추석날 아버지의 술안주로는 조기찌개가 매년 올라왔고, 나는 노심초사하면서 아버지의 눈물을 훔쳐봤다. 아버지의 눈물은 온 가족이 다 긴장하고 아파할 만큼 가족 모두의 눈물이었다. 그래서 더더욱 그 눈물을 말없이 각자 닦아 주었던 것 같다. 아울러 아버지의 눈물을 매운 음식으로 위장하시려는 어머니의 배려에 늘 감탄을 했다. 하지만 그것도 어린 나의 생각이었을 뿐 어머니의 생각은 더 깊었다. 조기찌개는 온 가족이 풍성하게 먹지는 못할 정도의 양이었기 때문에 그날만큼은 아버지라도 맛있게 드시라고 맵게 하셨다는 것이다.

차례를 지내고 잘 구워진 조기의 살은 아이에게 모두 주고 머리가 맛있다고 그것만 드시던 모습이 측은하셨나 보다. 모든 이웃들이 가족과 고향을 찾아 멀리 떠난 명절 오후 술안주로 드시는 조기찌개만큼은 아무한테도 방해를 받지 말고 드시라는 어머니의 깊고 따듯한 배려였다.

훗날 이 사실을 알았을 때 돌아가신 아버지의 생각에 나 역시 눈물을 훔쳤다.

아버지와 나의 기억은 이렇게 음식과의 추억이 많다.

냉면이며 만두며 녹두전이며 아버지가 좋아하시던 음식은 나에게도 그대로 유전자로 전해졌다. 아버지가 즐겨 드시던 술도 나에게는 무척이나 친한 친구가 되었다. 심지어는 술 한잔 하고 가족들에게 용돈 주머니를 푸는 따뜻한 술버릇까지도.

아버지가 돌아가신 지 7년이 되어 간다. 올해 명절에도 아버지와 같이 보낸 명절과 별반 차이 없이 제사상을 준비했다. 다른 점이 있다면 아버지 대신 제사가 아직 무엇인지도 모르는 어린 아들과 준비를 했다는 것과 차례가 끝나고 아버지가 드셨던 조기찌개가 없다는 것이다.

평상시 바쁘게 살 때에는 아버지에 대한 생각을 잊어버리고 살다가도 명절이 되면 아버지에 대한 그리움이 매년 더해 간다. 그래서 올해에는 아버지를 생각하며 매운 조기찌개를 끓여 보았다. 어머니의 그 맛이 나지는 않겠지만 나름 어깨 너머로 배워 본 솜씨를 부려 보았다.

칼칼한 맛과 매운맛이 제대로 우러났다.

술 한 잔이 두 잔이 되고 어느덧 한 병을 다 비워 갈 때쯤에는 나의 눈가가 촉촉이 젖었다. 휴지로도 닦아 보고 옷소매로도 훔쳐 보았지만 시간이 지날수록 그 미련한 것이 계속 흘러내렸다.

나의 마음을 아는지 모르는지 철모르는 아들의 목소리가 들렸다.

"아빠, 생선이 매워요? 너무 매우면 울지 말고 물 먹어요."

황인철 순천향대학교 의과대학을 졸업하고 순천향대학병원 구미병원 산부인과 교수로 재직 중이다. 취미로 시작한 요리 블로그 '아기받는 남자의 특별한 레시피' 포스팅이 유명해지면서 「KBS 아침마당」 금요일 고정 패널, 「SBS 좋은아침」의 '요리로 풀어가는 건강 이야기' 강의, 「MBN 충무로 와글와글」 등 여러 방송 활동을 하고 있다. 2010년 포털사이트 다음이 선정한 16대 키워드 음식 부문의 인터뷰어로 선정, 2009~2011년 포털사이트 다음 우수 블로그 선정, 2011년 5월에는 황금펜을 수상하고 2012년에 『아내가 샤워할 때 나는 요리한다』를 출간했다.

나를 불러 앉히던 고마운 밥상

삼십 년 후의 나는 그냥 할머니가 아니고 따순 내가 나는 부엌을 가진 착한 할머니다. 채소밭은 같이 밥을 먹기 위한 것이다. 그때는 살림이 몸에 배어 있을 것이다. 누가 불현듯 찾아오더라도 반가이 맞아들여 고추를 따고 상추를 씻고 가지를 볶아서 조촐하고 따뜻한 한 끼를 편안하게 나눌 수 있을 것이다.

하느님께서 나에게 앞으로 이십 년, 혹은 삼십 년의 시간을 선물로 주신다면 채소밭과 조그만 집을 마련하고 싶다. 과한 욕심이지만 내 꿈은 순한 할머니가 되는 것이다. 옹졸하게 나만 생각하지 않고, 별것 아닌 일을 마음속에서 비비 꼬아 골 부리지 않고, 누가 무슨 말을 해도 편안하게 듣고, 무엇보다 사람을 좋아하는 할머니가 되고 싶다. 삼십 년 후의 나는 그냥 할머니가 아니고 따순 내가 나는 부엌을 가진 착한 할머니다. 채소밭은 같이 밥을 먹기 위한 것이다. 그때는 살림이 몸에 배어 있을 것이다. 누가 불현듯 찾아오더라도 반가이 맞아들여 고추를 따고 상추를 씻고 가지를 볶아서 조촐하고 따뜻한 한 끼를 편안하게 나눌 수 있을 것이다. 나를 불러 앉히던 고마운 밥상들이 그러했다. 그 밥을 먹으면서 나는 팍팍한 몇 개의 고개를 넘었다. 배운 대로 살고 싶다.

손님들이 오시면 겁을 먹던 때가 있었다. 요리 책을 펴 놓고 잡채와 갈비찜을 하고 나물을 무치고 생뚱맞은 샐러드를 만들었다. 조화가 되거나 말거나, 내가 할 만하다 싶은 것들로 상을 그들먹하게 차렸다. 그렇게 해야 대접을 하는 것 같았다. 평소 먹는 것과 달라도 너무 달라서 식구들은 서운함을 느꼈지만 식구들보다 손님들이 더 소중해서가 아니라 자신 없음에서 비롯된 지나침이었다. 고맙게도 내가 가르치는 아이들은 나를 닮지 않았다. 심심하다고 자기 집에 놀러 가자고 하고 아무렇지도 않게 저희 집에 가서 저녁을 먹자고 한다. 담임 선생이 저녁 먹겠다고 갑자기 찾아가면 그 집에서 얼마나 놀라겠는가? 아이들이 예쁘다. 어른이 되어서도 소탈한 그 마음을 잃지 않았으면. 유림이는 선생이 저를 보고 웃는 것을 그러자는 대답으로 알아듣고 언제 올 거냐고 며칠을 졸라 대었다.

"엄마 바쁘셔. 밥은 무슨."

"제가 할 거예요."

"니가 밥을 할 줄 알아? 보나마나 엄마보고 반찬 만들어 내라고 할 거면서."

"안 그래요. 라면 끓이면 되잖아요. 같이 가요, 네? 나경이도 간다고 했어요."

날짜가 잡히자 유림이는 교실 벽에 걸어 놓은 달력에 커다랗게 동그라미를 쳐 놓았다. 뭘 좀 사 가면 좋겠느냐고 물었더니 저는 돼지갈비를 좋아하는데 집에 고기가 없단다. 퇴근길에 돼지갈비를 사 들고 고개 너머 유림이네 집에 갔다. 유림이 엄마가 수줍고 반가운 웃음을 지으며 나오셨다. 마침 동짓날이라 팥죽을 쑤었다고 하시는데 유림이가 라면 먹어야 한다고 펄쩍 뛰었다. 양은 밥상에 라면 냄비와 젓가락 세 벌과 김치 보시기, 소꿉장난처럼 물 세 컵이 놓였다. 밖은 바람이 찼지만 방 안은 따스하고 유림이가 끓여 온 라면은 맛있었다. 선생님 어려운 줄 모르고 모셔다가 라면 드시게 한다고 유림이 엄마와 할머니는 민망해하면서도 재미있다는 표정으로 우리가 라면 먹는 것을 구경하셨다. 아이들은 쉴 새 없이 재잘거렸다. 남자애들이 모두 나경이를 좋아한다고 유림이가 투덜거렸다. 자기도 남자친구가 있으면 좋겠다고 하니까 나경이가 2학년 오빠 아무개가 너를 좋아하지 않느냐고 놀렸다. 그 오빠는 싫다고 소리 지르다가 유림이는 엄마에게 꾸중을 들었다.

"목소리 좀 작게 해라. 그렇게 큰 소리로 떠들어 대니 선생님이 얼마

쥐코밥상이라고 하던가.
밥 한 그릇, 반찬 한두 가지 놓고
혼자 먹거나 마주 앉는 상,
그 앞에 앉는 마음은 조용하고 나지막하다.

나 정신없으시겠어?"

야단치는 엄마 목소리도 만만치 않게 컸다. 아이들은 "네." 하고 순순히 대답했다.

라면을 먹고 나자 팥죽 상이 차려졌다. 이미 배가 부른데도 수저를 극구 쥐여 주시면서 맛이나 보라고 권하셨다. 동치미 한 그릇, 팥죽 세 그릇, 수저 세 벌. 아이들은 방으로 들어가고 유림이 엄마, 할머니와 둘러앉아 팥죽을 먹었다. 3월에 가정 방문 왔을 때와 똑같이 엄마는 유림이가 공부 못한다고 걱정하고 할머니는 기죽이지 말고 자꾸 다독이라고, 그래도 저것처럼 착한 아이 없다고 손녀를 두둔했다.

"성격은 좋아요."

시어머니 말씀에 동의하면서 유림이 엄마가 웃었다. 아침마다 온 식구가 유림이 오빠, 동국이 시중을 들어 줄 때 유림이는 저 혼자 일찌감치 일어나 씻고 밥 먹고 제가 알아서 달려 나간다고 했다.

"할미 아프면 유림이는 벌벌 떨어요. 다리 주무르고 끌어안고 뽀뽀하고 얼마나 정스러운지 몰라."

"공부만 좀 했으면 좋겠는데. 야단을 치면 제 방에서 나오지도 못하고 책에 고개를 박고 있긴 하는데 조금 있다 들어가 보면 옷도 못 벗고 땀에 폭 절어서 엎드려 자고 있어요. 딱해서 야단도 못 치겠어요."

엄마와 할머니가 주거니 받거니, 참 따사로웠다. 동치밋국 하나 곁들인 팥죽 상이 그렇게 아늑할 수가 없었다.

쥐코밥상이라고 하던가. 밥 한 그릇, 반찬 한두 가지 놓고 혼자 먹거나 마주 앉는 상, 그 앞에 앉는 마음은 조용하고 나지막하다. 혼자 먹을 때 가끔 찬밥에 물을 만다. 오이를 고추장에 찍어 먹기도 하고 된장찌개와 김치만 놓고 먹기도 한다.

그때 좋아하는 친구가 온다면 무척 반가울 것이다. 집에 애호박이라도 하나 있으면 금방 새우젓 넣고 호박볶음 한 가지 더 해서 상 위에 올릴 것이고, 비라도 분위기 있게 내리는 날이라면 파전이나 김치전을 한 쪽 부쳐 낼 것이다. 음식을 장만하느라고 수선 피우는 대신 친구와 이야기를 더 할 것이다.

옛사람들은 모르는 길손이라도 끼니때 인연이 되면 그냥 굶겨 보내지 않았다고 한다. 잘 차려 내진 못해도 잡곡밥에 있는 대로 반찬 한두 가지 소반에 올려 요기를 하게 했다. 반찬 가짓수 대신 가진 만큼 과장 없이 따뜻한 마음을 얹는 밥상, 그것이 쥐코밥상일 것이다.

보고 싶던 사람들, 좋은 사람들이 오는데도 반가움으로 마음을 가득 채우지 못하고 음식 준비를 걱정하던 때, 내 삶에는 그 따뜻하고 조촐한 것이 없었다. 이제 그러지 않아서 참 다행이다. 라면 한 그릇 끓여 먹자고 달력에 동그라미를 치는 유림이 같은 아이들이 있어서 나는 조금씩 달라졌다.

유림이네 집이 산 중턱에 있어서였을까? 문득 초등학교 다닐 때 쌀자루를 끌고 친구네 집에 갔던 기억이 떠올랐다. 친구의 이름은 잊었다. 담임 선생님이 불우이웃돕기로 모금한 쌀을 친구네 집에 갖다 주라고 몇몇 아이들에게 심부름을 시키셨다. 친구네 집은 산허리에 외따로 떨어져 있었다. 토요일 오후에 우리는 땀을 뻘뻘 흘리면서 산을 올라갔다. 친구들 힘들게 왜 여기까지 쌀을 갖고 오게 했느냐고 친구 엄마가 딸에게 뭐라 하실 때 나는 조금 걱정스런 마음으로 친구의 엄마를 바라보았다. 엄마의 얼굴에는 미안스러워하는 웃음이 번져 있었다. 화난 표정이 아니어서 안심이 되었다.

친구의 엄마가 그 쌀을 덜어 내어 밥을 지어 주셨다. 반찬은 딱 한 가지, 열무김치였다. 고춧가루의 붉은빛이 거의 돌지 않는 가느다란 열무였다. 철없는 우리들은 밥을 더 달라고 너도나도 바닥이 난 밥그릇을 내밀었고 친구 엄마는 달라는 대로 넉넉하게 밥을 퍼 주셨다. 세상에 그렇게 맛있는 밥은 처음이었다. 우리들은 배부르게 먹고 산비탈을 뛰어다니면서 신나게 놀다가 해가 저문 뒤 집으로 돌아왔다. 가져간 쌀을 우리가 다 먹어 버리고 온 게 아닐까, 어린 마음에도 그렇게 밥을 많이 먹어 버린 것이 몹시 미안했다.

산허리 오두막, 한 개의 반찬이 오른 밥상, 불우이웃돕기 쌀이란 것을 끌고 온 딸의 친구들을 웃는 얼굴로 맞이하여 밥을 지어 먹이던 친구 엄마, 뭐라고 말할 수 없을 만큼 맛있던 그 밥, 그날의 기억은 지금까지도 잊히지 않는다. 그분은 혹 관음보살님이 아니었을까? 내 영혼의 밥상에 첫 숟가락을 놓아 주신 분.

유림이 할머니께서 기대어 앉으신 벽에는 용도를 알 수 없는, 옆으로 길고 커다란 거울이 붙어 있었다. '축 발전' 이라 쓰인 걸 보아 어느 영업집에 붙어 있던 것이 재활용된 것 같았다. 벽지도 낡았다. 형편이 넉넉지 못함이 읽혔다. 그러나 할머니도 엄마도 아이들도 기운이 활달하고 마을 회관에서 저녁을 먹고 들어왔다는 아빠도 과묵하면서 온화했다. 담임 선생이 왔다고 특별히 수선스럽지도 않고 아이들만 학교에 보내 놓고 신경 쓰지 못해 죄송하다고 학부모님들이 흔히 하는 인사치레도 하지 않는다. 곁에 앉아 식구들 하는 말을 들으면서 가끔 빙긋이 웃기만 했다.

유림이네 집이 편안해서 오래 놀았다. 길어야 한 시간, 잠깐 앉았다 일어나는 것이 가정 방문인데 선생인 것을 잊고 그렇게 놀다 오는 때가 있었다. 부담 줄까 봐 물 한 잔 말고는 아무것도 먹지 않겠다고 아이들 편에 미리 전해 놓고 어떤 집에서는 밥까지 얻어먹고 왔다. 배고픈 마음까지 채워 주는 것 같은 따스한 밥이 있었고 그 밥은 한결같이 조촐했다. 체면치레가 중요한 나를 가르치기 위해서 지극하고 가난한 밥상이 열 번, 스무 번 필요했나 보다.

어제는 진서 할머니께서 전화를 하셨다.

체면치레가 중요한 나를
가르치기 위해서
지극하고 가난한 밥상이 열 번,
스무 번 필요했나 보다.

"선생님, 된장 안 떨어지셨어? 암때나 오셔서 저녁 잡숫구 놀다 가셔. 된장도 떠 가시구."

그렇지 않아도 우리 집에 놀러 왔다가 진서네 된장 맛을 본 동생이 조금만 싸 달라고 해서 뭉텅 덜어 주었더니 얼마 남지 않았다. 철없이 기뻐서 가겠다고 냉큼 대답했다. 진서 할머니, 할아버지께서 손자의 담임 선생인 나를 수양딸 삼으셨기 때문에 말하자면 나는 친정에 된장 뜨러 가는 것이다. 가는 김에 밥도 얻어먹고. 딸은 원래 그러는 것이다.

같은 된장이라도 진서 할머니가 끓이시면 맛이 다르다. 뚝배기에 뜨물을 붓고 뚝배기 안에서 된장을 손으로 조물조물 푼다. 된장이 팔팔 끓을 때 파를 좀 썰어 넣는 것 같고, 그러고 나선 별로 들어가는 게 없다. 그런데도 어찌 그리 맛이 있을까?

"도와줄 거 없어. 거기 벽에 기대서 다리 쭉 펴고 앉아 기셔. 누울라믄 눕구. 아이구, 애털 가르치느라구 얼마나 힘이드셔그래. 금방 밥해 줄게 잠깐만 쉬고 기셔잉?"

누가 다시 이런 말을 해 줄까? 밥 짓는 수양어머니를 뒤에서 꼭 끌어안고 등에 얼굴을 묻고 싶을 정도로 행복했다. 어머니는 정말 밥을 금방 차려 주셨다. 언제 무쳤는지 구기자나물이 밥상에 올라 있고 귀한 대접을 해 주시느라 조기도 구워 내셨다. 콩잎 장아찌도 맛있었다. 진서가 남긴 밥까지 끌어다 먹었더니 진서 할아버지께서 새 밥 떠다 주라 할머니께 이르면서 많이 먹으라고 등을 쓸어 주셨다. 진서는 담임 선생이 할아버지, 할머니의 딸이 되는 걸 보고 자기는 그럼 선생님을 고모라고 부르겠다고 관계 정리를 했다.

나의 수양아버지, 수양어머니는 제대로 펴지 못한 자식을 대신해서 손자, 손녀를 맡아 키우며 고된 노동에서 벗어나지 못하는 분들이다. 그런 분들이 품을 열어 사람을 안는다. 사는 게 얼마나 힘이 드느냐고 물으신다. 금방 밥해 줄 테니, 다리 쭈욱 펴고 쉬라고 하신다. 무얼 바라시지도 않는다. 3월에 가정 방문을 한답시고 선생이 왔는데 얼굴은 꺼칠하고 지쳐 보이고 그러니 당신들 힘든 이야기 풀어 놓는 것도 잊고 밥부터 해 먹이신 것이다. 한 번 먹여 보내고 끝이 아니라 두고두고 마음 쓰시는 것이다.

진서는 고모가 된 담임이 집에 다녀갈 때면 자전거를 끌고 나와 큰길까지 바래다주곤 했다. 진서 할머니께서는 손자가 비뚤어지면 어쩌나, 그것이 늘 근심이라고 하셨다. 진서는 비뚤어지지 않을 것이다. 할머니, 할아버지께서 다른 사람의 짐을 거들어 주시느라 어깨에서 자신의 짐을 내려놓곤 하시는 모습을 보고 자랐으므로 따스하게 삶을 풀어 가는 법을 저도 모르게 익혔을 것이라고 나는 믿는다.

이 아이들이 지금의 나처럼 피곤한 그림자를 끌고 찾아올 때 산허리 오두막의 내 친구 어머니처럼, 진서 할머니와 할아버지처럼, 유림이네 식구들처럼 어서 오라고 맞이해 줄 것이다.

"힘들었지? 푹 쉬고 있어. 얼른 밥 차려 올게."

이렇게 말하면서 부엌으로 총총 달려 들어갈 것이다. 그것이 내 꿈이다. 물려받은 밥상을 그분들처럼 따뜻하게 차려 내며 사는 것, 지금부터 순하고 예쁜 할머니가 될 때까지 쭈욱.

최은숙 시인. 한남대학교 국어교육과를 졸업하고 충남 서산중학교에서 국어교사로 첫발을 떼었다. 이후 천안 목천중학교, 천안 북중학교를 거쳐 2006년부터 5년간 충남 청양중학교에서 일했다. 1990년 『한길문학』에 「연탄」 외 두 편의 시를 발표하며 등단했고 1995년 시집 『집 비운 사이』를 출간했으며 2000년 『세상에서 네가 제일 멋있다고 말해 주자』, 2006년 『미안, 네가 천사인 줄 몰랐어』, 2011년 『성깔 있는 나무들』 등 세 권의 교육산문집을 펴냈다. 대전 · 충남 작가회의 청소년 잡지 『미루』의 주간으로 학생 문예 일꾼을 발굴하는 데 힘쓰고 있다.

나에게 다큐를 알려 준 돌마

그동안은 이라크 전쟁터라는 특수한 안경을 쓰고 이들을 바라봤다. 하지만 나는 돌마로 인해 내 생각이 틀렸다는 것을 깨달았다. 이라크나 한국이 아니라 그냥 그들은 주부들이고 엄마들이었다. 이라크라는 전쟁터로 그들에게 접근하지 않고 우리네 이웃으로 나의 카메라가 접근하기 시작했다.

2003년 봄, 나는 이라크 전쟁을 취재하기 위해 바그다드에 있었다. 그때 나는 많이 힘들었다. 위험한 것은 둘째 치고 매일 벌어지는 상황과 과로에 지쳐 육체적으로나 정신적으로 초토화된 느낌이었다. 당시 나는 전쟁 전과 후를 비교하는 장기 다큐멘터리를 촬영 중이었다. 뉴스와는 다르게 다큐멘터리는 매일 상황을 지켜보고 촬영해야 해서 시간과 공이 많이 드는 작업이다. 휴일도 없는 데다 매일 40도를 웃도는 찌는 듯한 더위가 나를 더 피로하게 했다. 또 하나는 제대로 된 음식을 먹지 못한다는 것이었다. 미군의 전투 식량을 먹거나 호텔에서 파는 이라크 음식을 먹는 것이 전부였다. 그나마 메뉴도 몇 가지 안 돼 나는 호텔의 이라크 음식에 물릴 대로 물려 있었다. 몸이 힘드니 촬영도 따라서 힘이 들었다. 같이 일하는 이라크 스태프들도 마찬가지였다.

어느 날 오후, 촬영을 마치고 돌아오는 차 안에서 통역을 하는 제난이 "우리 하루만 좀 쉬고 일하면 안 될까요?" 라고 물었다. 나는 "하루 쉬면 그만큼 제작비 손실이 있고 그날그날 중요한 장면도 놓칠 수 있어서 무리다." 라고 거절했다. 그러자 그는 "우리도 사람인데 이렇게 일하다가는 총 맞아 죽는 것이 아니라 과로로 죽겠다." 며 계속 휴일을 달라고 졸랐다. 생각해 보니 나도 지쳐 있었지만 같이 일하는 운전기사나 통역사도 많이 피곤해 보였다. 나는 한국 사람이라 그렇게 매일 일하는 것이 익숙하지만 이 사람들은 지금껏 그렇게 살지 않았던 것이다. 아랍 같은 더운 지역 사람들은 아침에 일을 하다가도 점심때는 낮잠도 자고 쉬는 시간을 서너 시간 갖는다. 게다가 일주일에 닷새밖에 일을 하지 않으며 대체로 천천히 쉬면서 일한다. 그런데 나는 거의 한 달 가까이를 매일 쉬지 않고 일을 했으니 사람들이 불만을 가지는 것도 당연했다. 만약 내가 안 된다고 계속 일하자고 하면 사람들이 파업이라도 할 기세였다. 그렇게 이라크 스태프들의 압력에 의해 거의 강제적으로 일주일에 하루씩 쉬기로 했다.

쉬는 날에는 나는 할 일이 없었다. 이라크가 전쟁터라 한국처럼 어디 놀러 다닐 곳도 없었고 밥 먹으러 갈 변변한 식당도 없었다. 호텔의 음식도 이제는 물려서 먹기 힘들고 방 안에서 음식을 해 먹는 것도 불가능했다. 하루가 모자랄 정도로 바쁘게 일을 하다가 쉬는 날은 마치 급브레이크를 밟는 느낌이었다. 그저 밀린 잠이나 자고 지겨운 호텔 음식을 먹는 것뿐, 나의 생각은 오로지 촬영에만 있었다.

그렇게 몇 번의 무미건조한 휴일을 보낸 뒤 나는 통역사인 제난에게 "휴일이 너무 무료하니 당신 집에라도 놀러 가고 싶어요."라고 말했다. 제난은 매우 기뻐하며 "그렇지 않아도 우리 가족들이 당신을 초대하고 싶다고 했어요. 하지만 당신이 피곤할까 봐 말을 못했지요. 이번 주 휴일에는 우리 집에 놀러 오세요."라고 기다렸다는 듯 반갑게 대답했다. 이라크 가정집이야 촬영 때문에 여러 번 가 봤지만 이렇게 개인적으로 방문하는 것은 처음이었다.

드디어 휴일이 되자 나는 제난의 집으로 향했다. 제난의 집은 바그다드 시내 알 아다미아라는 곳에 있었다. 집 안으로 들어가니 제난의 가족들이 나를 많이 반가워했다. 외국 사람이 자기 집에 방문한 것이 처음이라고 하며 나에게 이라크 전통 음식을 대접했다. 없는 살림에 음식 차리느라 힘들었을 텐데 제난의 어머니는 음식을 많이도 만들었다. 양고기도 있었고,

이라크 식 샐러드도 있었다. 이 전쟁 중에 음식 재료 구하느라 애쓴 가족들의 성의를 생각하니 무척 미안하기도 하고 고맙기도 했다. 그 음식들 중 유독 나의 입맛을 사로잡은 것이 돌마라는 음식이었다. 돌마는 양고기를 갈아서 올리브기름으로 찐 밥과 섞은 뒤, 포도 잎에 말아 찜통에 찐 음식이다. 우리나라 주먹밥과 비슷하다. 새콤하여 입맛이 절로 살아난다. 무엇보다 포도 잎이 그렇게 맛있는 것인지 예전에는 미처 몰랐다. 한국 사람인 나는 아무래도 한국 음식이 좋지만 이곳 이라크에 와서 음식 타령을 할 수는 없었다. 그저 군말 없이 눈앞에 있는 음식이면 살기 위해 꾸역꾸역 먹었다. 그런데 돌마는 이라크 음식 중 처음으로 나의 입맛을 사로잡은 메뉴였다.

제난의 집을 다녀온 뒤로도 식사 때가 되어 배가 고프면 나는 자동으로 돌마가 먹고 싶었다. 문제는 돌마가 식당에서 팔지 않는 가정식 요리라는 점이었다. 그렇다고 매일 제난의 집으로 먹으러 갈 수는 없는 노릇이었다. 당시 내 몸의 영양분이 부족했는지 마치 임산부가 입덧하면서 뭘 먹고 싶듯이 계속 돌마가 먹고 싶었다. 그래서 제난에게 내가 음식 값을 낼 테니 돌마를 싸 오라고 부탁했다. 돌마는 품이 많이 가는 음식이라 만드는데 시간도 많이 걸려 부탁하기가 정말 미안했다. 하지만 친절한 제난은 흔쾌히 매일 돌마를 가져다주었다. 주먹밥 같아서 먹기도 편하고 양고기도

돌마는 양고기를 갈아서
포도 잎에 말아 찜통에 찐 음식이다.

돌마라는 단어를 들으면
이라크에 대한 그리움이 몰려온다.
아직도 이라크는
폭력과 혼돈의 땅이다.

들어가 영양도 만점이었다. 음식이 그처럼 취재 생활에 활력을 주는지 처음 알았다. 덕분에 나는 기력을 회복할 수 있었고 촬영도 순조롭게 마칠 수 있었다. 한번은 이라크의 초등학교를 취재하러 갔는데 점심시간이 다 되자 학교 선생님 중 한 분이 나를 자기 집으로 초대했다. 여자 선생님인 그분이 사는 곳은 바그다드 만수르라는 곳이었다. 사실 나는 그분 집에서도 촬영을 하고 싶어 따라갔던 것인데 점심까지 얻어먹게 되었다. 점심 메뉴에 바로 그 돌마가 나왔다. 제난의 집에서는 포도 잎으로만 싼 것을 먹었는데 그 집에서는 파프리카 안에도 밥을 넣고 감자 속을 파서도 밥을 넣었다. 촬영이고 뭐고 그 자리에서 나는 대여섯 개를 순식간에 먹어 치웠다. 내가 잘 먹는 모습에 그 여선생님의 표정도 많이 흐뭇해 보였다. 제난이 그 선생님에게 "이분이 돌마를 많이 좋아해요."라고 이야기하자 선생님은 "시간 되면 언제든 돌마 먹으러 오세요."라고 웃으며 말했다. 나는 그때부터 그 선생님을 '만수르댁' 이라고 부르며 돌마를 먹으러 그 집을 찾아가곤 했다.

나는 만수르댁이 아니더라도 다른 이라크 가정집에 초청을 받으면 미리 "돌마 만들어 주세요."라고 부탁했다. 이 집 저 집 돌마를 먹어 보니 각 가정마다 돌마를 만드는 고유의 비법이 있었다. 집안마다 내려오는 고유의 레시피들이었다. 그중 만수르댁의 돌마는 단연 일품이었다. 감자 속을 파서 양고기 밥을 넣으려면 숟가락으로 일일이 속을 파야 하는데 그 정성만큼 돌마는 맛있었다. 촬영하다가 배고프면 어느 집 돌마를 먹으러 갈지 제난과 상의하곤 했다. 그래서 돌마를 먹어 보면 그 집 음식 솜씨를 대충 짐작하는 경지까지 이르렀다. 이라크 가정집으로 돌마를 먹으러 갈 때는 항상 식료품 가게에 들러 야채와 양고기를 사 갔다. 계란이나 설탕을 사 가기도 했다. 주부 마음은 주부가 안다고 나도 한국에서는 한 아이의 엄마이기에 빈손으로 가지 않고 꼭 뭔가를 들고 간 것이다. 이라크 주부들도 그런 것을 더 좋아했다. 내가 사 온 것을 그들 손에 들려 주면 항상 "뭘 이런 것을 사 오세요. 다음에는 그냥 오셔도 제가 맛있는 돌마 만들어 드릴게요."라고 말했다. 어디서 많이 듣던 말이었다. 한국에서도 이웃 간에 이런 대화를 하고 조그만 성의를 주고받으며 정을 쌓지 않는가. 이라크나 한국이나 엄마들끼리는 이렇게 정을 나누었다. 나는 나의 다큐멘터리 인생에서 아주 중요한 경험을 했다. 그동안은 이라크 전쟁터라는 특수한 안경을 쓰고 이들을 바라봤다. 하지만 나는 돌마로 인해 내 생각이 틀렸다는 것을 깨달았다. 이라크나 한국이 아니라 그냥 그들은 주부들이고 엄마들이었다. 이라크라는 전쟁터로 그들에게 접근하지 않고 우리네 이웃으로 나의 카메라가 접근하기 시작했다. 그러자 더 친근감 있고 생생한 이야기가 나오기 시작했다. 그 순간이 나의 다큐가 업그레이드되는 중요한 계기가 되었다. 내 카메라에 나오는 모든 출연자는 그냥 우리 이웃들이다. 돌마는 나에게 그런 중요한 포인트를 알려 준 고마운 음식이다. 덕분에 나는 한국에서 이라크로 갈 때보다 무려 5킬로그램이 쪄서 한국으로 돌아왔다. 공항에 마중 나온 가족들은 "이라크에서 못 먹고 고생한 줄 알았는데 얼굴이 더 좋아져서 왔네."라고 놀렸다. 돌마에 들어 있는 밥이 올리브기름과 섞여 있어 칼로리가 만만치 않았던 모양이다. 나는 이라크에서 우리 가족들이 말한 '못 먹고 고생'은 하지 않았던 것 같다.

한국에 돌아와서도 나는 돌마가 자꾸 생각났다. 이라크도 아닌 한국에서 어디 가서 돌마를 먹을 수 있을까. 겨우 생각해 낸 것이 이태원에 있는 아랍 식당을 돌아다니는 것이었다. 아무리 돌아다녀도 돌마가 없었다. 돌마는 식당 메뉴가 아니어서 역시나 팔지 않는 것 같았다. 친정 엄마는 내가 이라크에서 한국 음식을 그리워했을까 봐 이것저것 많이 만들어 먹이고 싶어 하는데 딸인 나는 막상 이라크 음식을 그리워하니 많이 서운하신 눈치였다. 그래도 먹고 싶은데 어쩌랴. 결국 외국어대학교 아랍어과의 모나 교수님(이라크 인)에게 돌마를 부탁했다. 방송할 때 통역을 해 주신 덕에 평소에 친하게 지내는 사이지만 그런 부탁을 하기는 다소 민망했다. 그런데 모나 교수님은 "내가 만들어 줄 테니 먹고 싶으면 언제든 놀러 와요."라고 말하며 기뻐했다. 말만 그렇게 한 게 아니라 방송 때문에 정신없이 바쁜 나를 위해 돌마를 직접 싸 가지고 찾아오기도 했다. 모나 교수님은 "우리나라 음식이 먹고 싶다는데 내가 가만히 있을 수 있나요. 오히려 우리나라 음식을 기억해 줘서 내가 감사합니다. 많이 드세요."라고 말했다. 그때 교수님의 눈이 마치 아이에게 음식을 먹이는 엄마의 눈 같았다. 두고 온 이라크 조국을 기억해 주는 것이 고마워 그렇게 음식을 가져오신 그분의 마음도 느껴졌다. 전쟁으로 사람들이 죽어 나가는 피폐한 조국을 얼마나 그리워하며 이 돌마를 만들었을까. 나는 말로 형용할 수 없는 감동과 애틋한 마음을 느꼈다. 그날의 돌마는 모나 교수님의 조국에 대한 향수가 섞여 정말 특별했다.

가끔 이라크 대사관 식구들과도 식사를 하곤 했는데, 전임 이라크 대사의 부인이 돌마를 정말 잘 만들었다. 내가 한국에 들어오면 대사 부인이 전화를 해서 나를 돌마로 유인했다. 40대 중반의 미인인 그분은 돌마 선수였다. 여기는 한국이니까 이라크처럼 밀가루나 설탕이 아니라 꽃을 사 가면 그분도 다른 이라크 엄마들과 똑같이 "이런 것 사 오지 마세요. 다음에는 그냥 오세요."라고 말했다. 나는 운도 좋게 이 두 분 돌마 선수들을 둔 덕에 한국에서도 돌마를 먹는 호강을 누렸다. 비루하게 이태원을 돌면서 돌마를 찾아다니지 않아도 되었다.

다시 이라크로 돌아갔을 때는 2003년 겨울이었다. 그때도 종종 나는 만수르댁의 집으로 돌마를 먹으러 다녔다. 봄과 달라졌다면 만수르댁이 며느리를 보았다는 것이다. 내가 한국에 간 사이 스물한 살 된 아들이 장가를 갔다. 이라크에 가자마자 만수르댁을 찾아갔다. 수줍은 듯 배시시

웃는 그 집 며느리가 문을 열어 주었다. 만수르댁이 달려 나와 나를 안고 볼을 부비며 반가워했다. 내가 "그사이 며느리가 생겼다더니 이분인가 보네요?" 라고 하자 대뜸 "얘도 돌마를 참 잘 만들어." 라고 말해 나는 한참을 웃었다. 그들에게 내가 돌마로 바로 통하는 것이 웃겼기 때문이다. 집 안에 들어가니 언제나 그렇듯이 한 상 잘 차려져 있었다. 그날은 특별히 며느리가 상을 차렸다고 했다. 만수르댁이 며느리에게 그릇을 가져와라, 물 떠 와라 그러는 것을 보니 시어머니 폼이 나왔다. 역시 '시' 자 들어가면 이라크나 한국이나 며느리들이 고생이다. 한국에서 사 온 화장품과 매니큐어를 만수르댁과 며느리에게 주니 그들의 얼굴에 웃음꽃이 피었다. 그리고 언제나 듣던 그 그리운 말을 들었다. "안 사 와도 되는데 왜 이리 사 가지고 오세요? 다음에는 진짜 그냥 와도 돼요." 라고. 나는 그 순간이 정말 행복했다. 다큐멘터리 찍는 피디로서가 아니라 한 사람의 인간으로서 행복했다. 이 좋은 사람들과 정을 나누고 음식을 나누는 것이 행복했다. 죽자 살자 바쁘게 사는 세상이지만 이런 정을 나누며 사람들을 만날 수 있다는 것이 얼마나 소중한지 모른다. 인간은 이런 행복을 누리며 살아야지 인간으로 잘사는 것 아닌가. 만수르댁과 선물 증정이 끝나고 밥을 먹기 위해 식탁에 앉으니 잘 차려진 상 위에 돌마가 얌전하게 있었다. 아마 며느리가 시어머니 잔소리 들어 가며 며칠을 고생해서 만들었을 것이다. 이것도 세상 사는 하나의 조각이 아닐까. 나는 이라크에서 다큐멘터리를 만드는 동안 그렇게 세상 사는 하나의 조각들을 모으러 다녔다. 내 생애에 만들어지는 모든 작품들 속에 빛날 그 조각들을 이라크라는 나라의 어느 음식이 나에게 알려 준 것이다. 지금도 이라크 만수르댁에게 전화를 하면 "언제 이라크 오세요? 내가 돌마 맛있게 만들어서 기다릴 테니 빨리 오세요."라고 말한다. 돌마라는 단어를 들으면 이라크에 대한 그리움이 몰려온다. 아직도 이라크는 폭력과 혼돈의 땅이다. 이제는 이라크가 안전해져서 편안한 마음으로 이 집 저 집 돌마 순례를 다녔으면 좋겠다.

김영미 서른 살에 방송 피디가 되어 10여 년간 세계의 분쟁 지역을 취재해 왔으며, 현재는 공중파 방송 다큐멘터리 피디로 일하며 「시사인」과 「신동아」에 기사를 쓰고 있다. SBS 특집 다큐멘터리 「동티모르 푸른 천사」를 시작으로 아프가니스탄의 남녀 차별 문제를 다룬 다큐멘터리와 이라크 파병, 동원호 문제 등 사회 문제를 다룬 르포를 만들었으며 EBS 「다큐프라임」으로 방송된 공정무역을 다룬 3부작 다큐멘터리 「히말라야 커피로드」를 재능 기부로 연출했다. 저서로는 『바다에서 길을 잃어버린 사람들』 『히말라야 커피로드』 『세계는 왜 싸우는가?』 『아들에게 보내는 갈채』(공저) 등이 있다.

평등의 밥,
계란 비빔밥

아이들이 어느 날 문득 삶에 허기질 때 아빠가 만들어 주던 밥을 떠올리기를 바라는 마음에서. 계란 노른자가 태양처럼 떠오르듯이 또다시 희망이 떠오를 것이라는 것을 믿어 주기를 바라는 마음에서. 내가 언제나 어머니의 그 소박한 음식에서 곤궁한 세상과 맞설 큰 용기를 낸 것처럼.

어린 날 내 혀를 감미롭게 한 음식이 있다면 그건 계란 비빔밥이다. 막 솥에서 퍼담은 뜨거운 김이 솔솔 나는 희디흰 쌀밥 한가운데 샛노란 날계란을 똑 깨어 넣은 다음 간장과 참기름을 적당히 섞어 숟가락으로 휘휘 저으면 완성되는 밥. 그렇게 단순할 수가 없고 지금으로서는 흔하디흔한 재료로 만들어진 그 음식이 나뿐만이 아니라 60년대에 어린 시절을 보낸 이들

에게 최고의 상찬이었다고 말하는 건 지나친 수사일까.

내가 어렸을 때는 그랬다. 명절 때 조상님께 올리기 위해서 특별히 쌀밥을 지었고 조무래기들은 부엌문 앞으로 코를 벌름거리면서 몰려들었다. 그도 그럴 것이 아무리 씹어도 삼켜지지 않는 꺼끌꺼끌한 껍데기가 고스란히 남아서 혀 중턱을 괴롭혔던 조밥이나 수수밥과는 달리 쌀밥은 씹기도 전에 목구멍 속으로 쑥 들어가 버리는 게 서운할 정도였다. 그 미끈함이란! 또 입안에 더할 나위 없는 달콤한 향기가 오랫동안 남는다. 뜸을 들일 때 솔솔 풍겨 나는 냄새는 또 어떤가. 어느 곡식이 불에 가열되면 그렇게 순백한 냄새를 풍기면서 가장 밥다운 밥으로 진화하는가.

그렇다고 계란이나 참기름 또한 흔한 재료가 아니었다. 전문적으로 닭을 키우는 양계장을 하는 집이 아니라면 넓지 않은 울 안에 겨우 닭 몇 마리를 풀어놓고 하루에 계란 몇 알을 얻을 수 있었던 게 고작이었다. 더구나 거의 유일한 단백질 보급로인 계란은 대가족을 이루어 살던 그 시절에 가장 먼저 할아버지, 할머니 몫이었다. 하물며 증조부모라도 살아 계신다면 아버지께 드릴 것도 부족한 판국인데 언감생심 아이들에게야. 전쟁 뒤끝이라 아이들이 귀하고 또 귀했어도 삼강오륜이 시퍼렇게 살아 있던 시절이었으니 다른 도리가 없었다. 아이들도 좀 적었는가. 한 집에 적게는 너댓이고 많게는 여덟, 아홉을 낳던 집이 부지기수고 보면 아이들의 몫은 늘 뒷전이었던 것도 사실이다. 그러니 참기름 한 종지를 얻기까지의 수고를 장황하게 보태지 않더라도 어린애에게 계란 비빔밥이 얼마나 사치스러운 음식이었을지 쉽게 짐작할 수 있겠다.

그때는 다들 가난했다. 곳간에 쌀가마니를 들여놓고 계란 꾸러미(계란 열 개를 짚으로 꼼꼼하게 포장해서 긴 꾸러미를 만들어 보관하거나 장에 내다 팔았다.)를 걸어 놓고 사는 집이 흔치 않았다. 그러니 우연히 재료가 다 갖추어진 어느 날 어머니가 쑥 내민 밥그릇 속에 계란 비빔밥이 완벽한 조합을 이루어 소담스럽게 담겨져 있을 때 얼마나 황홀했을 것인가. 추억은 뇌가 더욱 부풀려 기억하기 마련이다. 그러나 계란 비빔밥을 먹은 날 일기장에 내 생애 가장 운이 좋은 날이었노라고 적었다는 고백은 결코 과장은 아니었던 것이다. 그 증거로 얼마 전 트위터에 어떤 사연 뒤에 계란 비빔밥 얘기가 더해졌다. 그다음 정말로 난리가 났다. 너도나도 각자의 추억의 보따리를 풀어 놓으면서 백 프로 공감과 지지를 보냈던 것이다. 우리 어린 시절에는 '계란 비빔밥' 이 가장 손에 넣기 어려운 꽃 중의 꽃이요, 밥중의 밥이었던 것이다!

그러나 맛에 대한 최초의 기억이자 최고의 기억인 그 밥을 나는 드물

지도 않게 자주 먹었다! 어쩌면 그 사실 때문에 계란 비빔밥이 나의 그리움의 음식이면서도 선뜻 주장하기 어려운 음식이기도 하다. 그때까지만 해도 아직 남동생들이 세상에 나오기 전이어서 나는 딸 여섯에 아들 하나인 딸 부잣집 외아들이었다. 딸과 비교해서 아들에 대한 대우가 확연히 차이가 나는 시대였으니 외아들이었던 나는 가히 분에 넘치는 사랑을 받고 자랐다. 집안 식구들은 날 황제처럼 대접했고, 그 대접의 결정판은 밥상에서 드러나기 마련이었다. 어머니는 내 밥그릇에만은 늘 고슬고슬한 쌀밥을 담으셨다. 그러고는 그 안에 아무도 모르게 아주 기술적으로 날계란 하나를 풀어 놓고는 다시 밥으로 살짝 덮었다. 밥상이 다 차려지고 내가 숟가락을 들 때쯤 계란은 뜨거운 밥 안에서 가장 맛있는 온도로 익었고, 특히 계란노른자는 세상에서 가장 식욕을 자극하는 빛깔을 뽐내며 어린 눈과 혀를 유혹했다. 거기에 간장과 참기름을 살짝 치면 그 밥은 그야말로 황제의 밥이 되었던 것이다.

공깃밥 속의 계란 한 알로 표현되는 어머니의 외아들 편애는 초등학교 3, 4학년 무렵까지 쭉 이어졌다. 훨씬 더 풍요로운 먹을거리가 시작되면서 어느 순간 계란 비빔밥이 매력 있는 메뉴의 자리에서 사라질 때까지 참으로 적지 않은 시간 동안 끈질기게 밥상의 한복판을 차지했던 것이다. 어른들이야 한마음으로 당신들을 이을 장손의 밥그릇을 흐뭇한 마음으로

우리 어린 시절에는
'계란 비빔밥' 이 가장 손에 넣기
어려운 꽃중의 꽃이요,
밥중의 밥이었던 것이다!

바라보셨을 테지만 누이들은 불편하기도 했을 것이다. 차별 중에 먹는 차별이 가장 서러운 차별이라고 했으니 말이다.

사실 나조차도 아무렇지 않은 일로 받아들였던 것은 아니다. 아무리 어렸다고 해도 외아들을 향한 어머니의 무조건적인 편애를 눈치 없이 어찌 그냥 받고만 있었겠는가. 밥상을 받고 선뜻 숟가락을 들지 못하고 망설였던 것도 사실이다. 어느 순간부터 밥공기 속의 계란이 밥상에서만큼은 누이들과의 관계를 불편하게 만들었다. 그게 어찌 밥상에서만 그랬겠는가. 그런데도 누이들이 마음에 흔적이 될 만한 표정 하나 말 한마디 남기지 않았던 것이 늘 마음에 걸린다. 아, 계란 비빔밥이 어느 순간 자취를 감춘 것은 그런 내 마음을 어머니가 짐작하고 스스로 중단하신 것은 아닐까? 틀림없이 당신의 편애를 다른 방식으로 지속했을지라도 계란 비빔밥만큼은 이제 더 이상 아들의 전유물이 아니라고 인정했을 어머니의 아쉬움이 또 한편으로 마음에 걸린다.

어떤 음식이든 다정하면서 애달픈 심사로 얽히는 것. 그 사실은 꽤 나이가 들어서야 알 수 있는 법이다. 그러므로 그 사실을 아직 몰랐던 나는 나의 쓰라린 경험에 비추어 내가 부모가 되고 아이들을 키울 때 음식만큼은 차별 없이 공평하게 먹이리라 다짐했다. 물론 성별을 이유로 편애하지 않고 늘 평등하게 키우리라는 다짐과 함께였다. 그러한 노력 가운데 하나가 외식을 하러 갈 때 각자 먹고 싶은 것을 말하게 하고 그 음식이 일치가 되게끔 '합의' 의 시간을 주었던 것이다. 그러나 아이들은 늘 일치가 되지 않았고 난 그럴 경우에 내가 가고 싶은 곳으로 가겠다는 엄포를 놓았다.

그럼에도 아이들은 늘 '내 사전에 양보는 없다' 는 태도로 임했고, 죽기 아니면 까무러치기로 다투면서 각자의 입장을 고수했다. 한 놈이 피자를 선택하면 다른 한 놈은 통닭이라고 외치고 나머지 한 놈은 짜장면이라고 입장을 달리하는 것이다. 한 달에 한 번 정도 외식을 했으니까 영리하게 머리를 썼으면 한 달에 한 번씩은 돌아가면서 각자 먹고 싶은 음식을 먹자는 협정도 맺었을 법하나 아이들의 입장은 늘 한결같고도 단호했다.

가정은 사회의 축소판이다. 외식의 종류를 정하는 이 간단한 문제에서도 합의점을 도출하지 못한다면 사회에 나가서 무얼 하겠냐 하는 걱정이 앞서기도 했다. 먹는 것을 해결하기에 앞서 그런 소양을 자연스럽게 길러 줘야 할 것이라는 조바심이 들었을지도 모른다. 그래서 일부러 서로 주장을 내세우도록 내버려 두기도 하고 합의를 도출하는 방법에 대해 알려주기도 했다. 하지만 내 기대는 번번이 어긋났고 아이들은 아버지 손에 이끌려 허름한 빈대떡집 나무 의자에 올망졸망 앉아 피자와 통닭과 짜장면 대신 아버지의 막걸리 안주였던 빈대떡을 먹을 수밖에 없었다. 아니면 엄마가 좋아하는 시래기 붕어찜이나 먹을밖에.

이제 아는 것이다.
음식이 한 가족의 마르지 않는
추억 거리가 되는
방식이라는 것을.

외식하는 일로만 다투었던 게 아니다. 한번은 외국에 사는 숙모가 귀한 장난감을 크리스마스 선물로 보내왔다. 각자의 몫이 정해져 있지 않았던 터라 아이들은 자기 마음에 드는 걸 고르겠다고 옥신각신 다투었고 급기야 그 선물들은 한겨울 드럼통에서 재가 되고 말았다.

지금은 애들이 다 커서 그때의 일들을 조각조각 쪼개어 가슴에 묻고 지내겠지만 당시에는 많이 울기도 했고, 토라지기도 했다. 아이들을 공평하게 잘 먹여서 회한을 머금은 채 떠올리는 음식이 없게 하려던 의도가 오히려 아이들에게 더 많은 사연을 주고 만 것이다. 아이들이 어떤 음식을 앞에 두고 이구동성으로 '그때 아빠가 이러이러했어…….' 반은 농담을 가장한 날이 선 얘기로 입을 모을 때면 내가 어떻게 했어도 똑같은 결과에 도달했으리라는 것으로 위안을 삼는다. 이제 아는 것이다. 음식이 한 가족의 마르지 않는 추억 거리가 되는 방식이라는 것을.

우리 집 밥상에는 언제부터인지 더 이상 쌀밥이 오르지 않는다. 건강상의 이유로 쌀은 현미나 잡곡으로 대체되었다. 그러나 어린 날 내 혀를 감미롭게 했던 계란 비빔밥에 대한 향수는 여전하다. 그래서 가끔 아내가 집을 비워 내가 식사 당번이 되면 나는 서둘러 쌀을 씻어 밥을 앉힌다. 전기밥솥으로 하는 밥이지만 내 가늠으로 적당량의 물을 부으면 언제나 고슬고슬한 흰 쌀밥을 지을 수 있다. 그리고 뜨거운 김이 나는 밥에 계란을 깨고 간장을 치고 참기름을 떨어뜨려서 아이들에게 건넨다. 일명 아빠표 계란 비빔밥이다. 세월이 흐른 만큼 양념도 진화해 어느 때부터인지 김치를 송송 썰어 넣고 고추장도 넣게 됐다. 무엇보다 나의 계란 비빔밥은 모든 식구들에게 고루 돌아가는 평등한 밥이기도 하다. 그러나 한 가지 여전한 것은 그 옛날 어머니가 그랬듯이 밥으로 감쪽같이 덮여 있다는 점이다. 아이들이 어느 날 문득 삶에 허기질 때 아빠가 만들어 주었던 밥을 떠올리기를 바라는 마음에서. 계란 노른자가 태양처럼 떠오르듯이 또다시 희망이 떠오를 것이라는 것을 믿어 주기를 바라는 마음에서. 내가 언제나 어머니의 그 소박한 음식에서 곤궁한 세상과 맞설 큰 용기를 낸 것처럼.

소병훈 청소년 시절부터 우리 사회의 모순에 관심이 많았다. 1972년 전주고등학교 3학년 시절, 유신 반대 시위를 주도하여 제적되기도 했다. 대학을 졸업한 뒤 사회 운동의 일환으로 도서출판 이삭을 세웠으나, 1985년 자유실천문인협의회(훗날 '작가회의' 로 바뀜)의 『민족의 문학 민중의 문학』이 문제되어 출판사 등록을 취소당했다. 우여곡절 끝에 도서출판 산하를 세우고 어린이책에 주력하여 우리 현실에 뿌리내린 우리 창작 동화를 한 단계 올려놓았다는 평가를 받았다. 2005년 정부로부터 민주화운동 관련자로 인정되어 명예 회복을 했다. 지은 책으로 『나는 페이스북으로 세상과 소통한다』가 있다.

거의 기다시피 빌빌거리면서 들어갔다가도 김이 무럭무럭 나는 몸국이 나오면 눈이 번쩍 뜨였다. 아, 비짝 마른 논바닥에 찰랑찰랑 물이 고이는 느낌으로 그 국을 퍼마셨다. 시쳇말로 땀을 삘삘 흘리면서 '폭풍 흡입'을 했다고나 할까. 그러고 나면 비로소 허리가 곧추세워지고, '그래, 한번 끝까지 붙어 보자' 세상과 직면할 용기가 솟곤 했다.

어린 시절 우리 집은 먹는 데 목숨을 거는 분위기였다. 제주 여자인 우리 어머니의 지론은 '식비 아껴서 보약 지어 먹는 것보다는 먹는 데 직접 쓰자.' 였다. 함경도가 고향인 아버지 역시 다른 데에는 엄청 인색한 편이었지만, 돼지고기와 냉면에는 돈을 아끼지 않았다.

게다가 우리 집은 서귀포 매일시장(현 매일 올레시장)에서 된장, 간장,

고추장, 미원을 비롯해서 두부와 콩나물까지 두루 취급하는 식료품 도소매 가게였다. 그 무렵에는 귀한 음식이었던 소시지, 햄 따위도 유통기한만 살짝 넘기면 우리들 차지였다. 어디 그뿐인가. 이웃은 정육점, 맞은편에는 해산물 가게, 가게 앞에는 나물 파는 할머니들의 난전이 펼쳐져 있었다. 한마디로 제주도의 모든 식재료가 주변에 넘쳐나는, 먹보에게는 지극히 '유리한' 환경이었던 셈이다. 얼마나 먹는 것을 밝혔으면 여중 시절 여자 담임 선생님도 쉬는 시간마다 내가 매점에서 우동을 먹는다는 첩보(?)를 입수하고서는 종례 시간에 '게걸 병은 나라님도 구제하지 못한다'는 독설을 퍼부었으랴.

쿰쿰한 자리젓에 식욕이 돌아오다

맛있는 게 있는 곳이라면 불원천리를 마다하지 않는 나였지만, 고백컨대 제주의 토속 음식만큼은 영 당기지 않았다. 이북 출신인 아버지를 닮아 혀가 떨어져 나갈 정도로 매운 음식을 밝히는 내 입맛에 제주 음식은 지나치게 담백하고 무미건조하기 이를 데 없었다.

그에 비하면 육지 음식, 외국 음식이 내 입맛에는 훨씬 더 맞고 세련되게 느껴졌다. 초등학교 5학년 때 우리 가게가 식자재를 납품하던 특급 호텔 주방장이 특별히 만들어 준 함박스테이크를 먹으면서 얼마나 황홀했아! 코끝에 확 감기는 자리젓의 그 큼큼한 냄새란!
그건 단순한 음식이 아니었다.
바다 건너 멀리 있는 고향 제주였고,
이젠 돌아갈 수 없는
'근심 걱정 없는' 어린 시절이었다.

던가. 여고 시절에는 학교 앞 경양식집에서 파는 스파게티 맛에 푹 빠져 어머니가 부쳐 주는 용돈 대부분을 탕진하기도 했다.

이런 내가 제주 음식을 '재발견' 한 것은 순전히 입덧 때문이었다. 나이 서른에 첫아이를 가진 나는 생애 최초로 식욕 부진이라는 기이한 현상에 직면했다. 평소 즐겨 먹던 음식은 물론이거니와 밥 짓는 냄새만 맡아도 속이 매슥거렸다. 먹고 싶은 음식을 생각해 냈다가도, 정작 그걸 눈앞에 두면 비위가 뒤집어지곤 했다. 평소 가장 큰 낙이던 먹는 일이 고역이 되어 버린 상황이 당혹스럽기 그지없었다. 정신적으로는 결핍감에, 육체적으로는 체력 저하에 시달리는 나날이었다.

문득, 자리젓이 떠올랐다. 고향 음식을 별로 좋아하지 않는 데다, 자리젓은 특히 혐오하는 편이었다. 시장 아줌마들이 한데 모여 밥을 먹는데도 자리젓 냄새가 난다고 피하던 나였다. 시커먼 자리돔의 색깔, 그 퀴퀴하고 큼큼한 냄새. 자리젓은 내게는 야만스러운 음식으로 깊이 각인되어 있었다.

그런 자리젓이 간절히 먹고 싶었던 것은 무슨 조홧속이었을까. 내 거역할 수 없는 세포 속의 DNA 탓인지, 어린 시절의 내 코를 마비시켰던 그 강렬한 내음 탓인지, 아직도 풀리지 않는 수수께끼다.

어쨌든 고향의 어머니에게 최대한 빨리 자리젓을, 그것도 가급적 잘삭은 걸로 보내 달라고 SOS를 쳤다. 딸 사랑이 유별나던 어머니는 그날 비행기 타고 서울 가는 사람을 수소문해서 인편으로 자리젓을 보냈고, 나는 허기진 손을 덜덜 떨면서 사투 끝에 자리젓 병을 여는 데 성공했다.

아! 코끝에 확 감기는 자리젓의 그 큼큼한 냄새란! 그건 단순한 음식이 아니었다. 바다 건너 멀리 있는 고향 제주였고, 이젠 돌아갈 수 없는 '근심 걱정 없는' 어린 시절이었다. 보랏빛(잘 삭은 자리젓은 짙은 보랏빛을 띤다.) 육질을 손으로 찢어 밥 위에 얹어 입속으로 꾸역꾸역 집어넣었다. 한 공기, 두 공기, 세 공기……. 자리젓에 대한 내 오래된 편견과 멸시가 한없이 죄스럽게 느껴졌다. 나도 모르게 쿡쿡 웃음이 터져 나왔다. '너도 천상 제주 여자로구나' 싶어서.

그날 이후 자리젓이 서울 생활 내내 냉장고 안의 필수품으로 자리 잡았고, 나는 자리젓의 열렬한 애호가임을 자처했다. '너희가 아느뇨, 그 우악스러운 가시에 잇몸이 찔려 가면서도 포기할 수 없는 그 깊고 웅숭한 자리젓의 매력을!' 운운해 가면서.

자리젓에 매료된 것은 '제주 여자' 인 나만이 아니었다. 당시 한 직장에 근무하던 김훈(소설가) 선배와 이문재(시인)도 '자리젓 마니아' 로 입문했다. 워낙 입담이 센 김훈 선배는 내 고향의 자리젓 맛을 보고 난 뒤에 "세상은 자리젓 맛을 아는 사람과 아닌 사람으로 나뉘어야 한다." 고 일갈했다. 그 두 사람이 내게 유난히 잘해 줄 때는 오로지 자리젓이 아쉬울 때뿐이었다.

몸국을 먹을 때마다
단순한 음식이 아닌,
푸른 제주 바다의 정령과 짙푸른 제주 초원의
공기를 들이마신 것 같다.

직장 생활의 신산함을 달래 주던 몸국의 풍요로움이여!

자리젓이 입덧에 부대낀 임산부 시절을 달래 준 고향 음식이었다면, 몸국은 가도가도 끝이 없는 사막 같은 직장 생활을 견디게 해 준 고향 음식이었다.

몸국은 자리젓처럼 기피 음식은 아니었지만, 특별히 좋아하던 음식 또한 아니었다. 어린 시절 친척이나 친구네 집 경조사에 가면 늘 나오던 진부하기 이를 데 없는 잔치 음식이 바로 몸국이었다. 잔치에 쓸 돼지를 삶은 국물에 바다에서 가장 흔하게 채취되는 구슬경단 모자반(몸)을 넣어서 푹푹 끓여 낸 몸국. 더 들어가는 양념이라야 청양고추가 고작이요, 육지 음식처럼 색깔이나 맛을 내는 변변한 고명조차 없는 투박하기 짝이 없는 제주스러운 음식이었다.

몸국을 찾기 시작한 것은 시사주간지 정치부 기자로 몸과 마음을 혹사당할 무렵이었다. 우리나라처럼 정치 지형이 변화무쌍하게 출렁이는 나라에서 일주일에 한 번씩 나오는 주간지가 일간지와 방송과 특종 경쟁을 한다는 것은 그야말로 피 말리는 일이었다.

'사회의 빛과 소금' 이 되겠다는 당초의 결심은 점점 빛이 바래 가고, 시간이 흐를수록 심신이 피폐해졌다. 계속되는 야근과 갑자기 터진 사건으로 반납해야 하는 휴일 때문에 종종 내 자신이 바닥까지 다 드러난 우물, 눈금이 거의 남아 있지 않은 휴대폰 배터리처럼 여겨지곤 했다.

그런 날이면 난 우연히 알게 된 홍대 근처 제주 토속 음식점 '눈치 없는 유비'를 찾곤 했다. 거의 기다시피 빌빌거리면서 들어갔다가도 김이 무럭무럭 나는 몸국이 나오면 눈이 번쩍 뜨였다. 아, 바짝 마른 논바닥에 찰랑찰랑 물이 고이는 느낌으로 그 국을 퍼마셨다. 시쳇말로 땀을 뻘뻘 흘리면서 '폭풍 흡입'을 했다고나 할까. 그러고 나면 비로소 허리가 곧추세워지고, '그래, 한번 끝까지 붙어 보자', 세상과 직면할 용기가 솟곤 했다.

몸국은 참으로 희한한, 제주에서나 가능한 음식이다. 바다 속에서 휘적휘적 유영하던 모자반, 제주의 풍토병인 상피병을 낫게 한다는 제주의 특산품 돼지고기. 바다와 육지의 기운으로 생성된 이 두 재료가 불 속에서 오랫동안 몸을 섞은 끝에 한 몸이 된 국이 바로 몸국 아닌가. 몸국을 먹을 때마다 단순한 음식이 아닌, 푸른 제주 바다의 정령과 짙푸른 제주 초원의 공기를 들이마신 것 같다.

제주의 풍성한 식재료로 나만의 레시피를

4년 전인 2007년 나는 32년 만에 고향으로 돌아왔다. 고향 제주에 사람이 사람답게 걸을 수 있는 길을 내기 위해. 그 덕분에 예전에는 그리움으로, 갈증으로, 향수로 먹던 고향 음식을 마음만 먹으면 언제든지 맛볼 수 있게 되었다. 그 때문일까. 이제 고향 음식이 주는 강렬한 감동과 상실

감에서 비롯된 열광은 많이 사그라들었다.

서울살이를 할 때 제주 음식을 그리워한 것처럼, 요즘에는 오히려 서울서만 맛볼 수 있는 음식을 그리워하기도 한다. 메밀의 구수한 향과 시원한 국물 맛이 일품인 평양면옥 냉면, 혀가 얼얼하다 못해 똥구멍까지 찢어지는 아픔을 견디면서 먹는 무교동 낙지, 하얀 곱이 풍성하고 유난히 통통한 마포 곱창, 한 그릇 먹고 나면 쓰린 속도 저절로 아무는 청진동 해장국……. 그 음식들을 생각하면 한때 치열하게 살아 냈던 내 젊은 날의 초상이 겹쳐진다.

그러고 보면 먹는다는 행위는 단순히 배를 채우는 것도, 맛난 것을 탐하는 것도 아니다. 그건 그리움을, 추억을, 사람을 떠올리는 행위이기도 한 것이다.

서명숙 대한민국에 '올레 신드롬'을 불러일으킨 사람이다. 「시사저널」 정치부 기자, 취재1부장을 거쳐, 「시사저널」 편집장, 「오마이뉴스」 편집국장을 지내며 23년을 기자로 살았다. 나이 쉰에 과감히 기자 생활 때려치우고, 홀로 산티아고 길 순례에 나섰다가 그 길 위에서 고향 제주를 떠올리고는 '산티아고 길보다 더 아름답고 평화로운 길을 제주에 만들리라' 결심하고 귀국, 사단법인 제주올레를 발족하고 걷는 길을 내기 시작해 대한민국에 '올레 신드롬'을 일으키며 '걷기 여행' 열풍을 불러일으켰다. 『꼬닥꼬닥 걸어가는 이 길처럼』 『내 영혼의 한 문장 센텐스』 『제주 올레 여행』 등의 책을 썼다.

고단한 하루를 소화시키는 단맛

아버지는 달착지근하면서 향긋한 식혜를 유난히 좋아하셨다. '나는 감주 배 따로 있다!'며 밥 한 그릇 다 비우고도 식혜 한 대접은 거뜬히 드셨던 아버지. 49년 함께한 남편을 생각하며 만든 식혜를 집에서 처음 지내는 기제사 상에 올리지 못했으니. 늘 정확하고 꼼꼼했던 어머니는 그런 실수가 믿기지 않는지 한동안 말씀이 없었다.

“네, 엿기름은 1kg 있으면 되고, 쌀은 작은되로 한 되? 응…… 멥쌀 말고 찹쌀로 전기밥솥에 고슬고슬하게 지어서 보온으로 떨어지면, 엿기름 풀어 밭친 물을 부으라고요? ……설탕은 밥공기로 한 공기 반. 네, 알았어요, 엄마.”

전화기 너머로 들려오는 어머니의 레시피를 그대로 받아 적은 나는 잠깐 고민한다. 그냥 사 먹을까?

밥 짓는 데 20분, 저녁에 엿기름물 부어 밤새 두었다가 다음 날 아침에 끓이라고? 투명한 유리 그릇에 담긴 식혜를 마실 때는 원래 그 그릇에 담겨 있기라도 했나 싶을 정도로 순식간에 비우는 식혜를 만드는 데 이렇게 긴 시간이 필요하다니. 슬로푸드(slow food)라 해도 너무 슬로(slow)인데…….

그래도 한번 제대로 만들어 보려고 어머니가 말씀해 주신 레시피를 정리해 본다.

우선 ① 찹쌀로 고슬고슬하게 밥을 지으라 했지. 밥을 전기밥솥에 안쳐 취사 버튼을 누른 뒤 ② 바로 엿기름에 물을 넉넉히 넣어 손바닥으로 비벼 가며 풀어 헤친 뒤 밥이 다 될 때까지 가만히 두면 되는 거지. ③ 밥이 다 되어 보온으로 바뀌면 엿기름물을 노르스름한 웃물만 밥의 4배 정도 되도록 따라 밥솥에 붓고 주걱으로 휘저으라고 했지. 이때 설탕을 한 컵 정도 넣으면 더 진한 맛을 내고 밥알이 더 부드러워진다는 것이 어머니의 비결. ④ 그런 뒤 뚜껑을 닫고 보온으로 여덟 시간 정도 두라고 했고. 저녁 설거지를 마친 뒤 밥을 짓고 엿기름물을 부어 섞어 놓고 다음 날 아침에 밥하기 전까지 두면 딱 맞는다는 것 또한 어머니만의 시간 계산법. ⑤ 아침에 일어나 밥솥을 열어 보면 밥알이 둥둥 떠 있는데, 그것을 큰 솥에 따라 붓고 가스레인지 위에 올려 국물이 원래보다 20퍼센트 정도 줄어들 때까지 끓이라고 했지. 다들 센 불에서 파르르 한 번만 끓여 내리는데, 그렇게 하면 맛이 없다는 게 또 어머니의 팁이고. 국물을 끓일 때 설탕을 반 컵 정도 더 넣어 달달하게 만들어야 향이 좋고 맛있는 식혜가 된다 했다.

이렇게 어머니의 레시피를 정리하다 보니 어릴 적 밤늦도록 어머니가 부엌에서 뿌연 쌀뜨물 같은 것을 체에 밭치던 모습이 생각나고, 김이 가득한 부엌에서 달착지근한 향이 진동해 잠자리에서 일어나자마자 부엌으로 향했던 기억도 가물거린다.

요리하는 일을 직업으로 갖게 된 뒤에도 사실 식혜를 만든 적은 두 번 정도밖에 없다. 이 모두 촬영용으로 만들어 맛보다는 모양새에 주력해 밥알을 동동 띄우고 식혜 국물의 색에만 신경 써 만들어서 모양새는 그런대로 좋았지만 촬영이 끝난 뒤 먹지는 않았던 것 같다.

일반 음식은 색과 모양을 살려 먹음직스럽게 담기만 해도 번듯한 요리 한 품이 되는 데 비해 식혜는 그 오랜 시간 만든 결과에 비해 소박할 정도였다. 그 뒤로도 명절 음식이나 전통 음료가 테마로 정해질 때면 식혜 만들기는 피하고 만들기 간편한 배숙이나 수정과 등을 요리 아이템으로 정하곤 했다.

전기밥솥 대신 압력솥을 사용하는 요즘에는, 깊숙이 넣어둔 밥솥을 꺼내기도 귀찮고 반나절 이상 걸리는 시간 또한 부담스럽다. 큰 솥과 큰 양푼을 싱크대에 꺼내 놓고 분주를 떨 것을 생각하니 그 또한 엄두가 나지

어머니는 소화를 잘 못 시키는
남편과 딸을 위해서는 부드럽고 담백한 것을,
식성이 좋은 언니와 남동생들을 위해서는
고기나 튀김 등을 고루 안배해 밥상을 차리곤 했다.

않는다. 가장 결정적인 것은 맛을 제대로 낼 수 있을지 자신이 없다는 것이지만…….

어릴 때 우리 집에서는 식혜를 '감주' 라고 불렀다. 감주(甘酒), 식혜는 사계절 내내 우리 집 대표 음료였다. 여름용 음료인 미숫가루도 있었지만 목 넘김이 껄끄럽고 텁텁해 늘 감주보다는 한 수 아래로 생각했다.

하지만 우리의 식혜 사랑은 피엑스 아주머니 보따리에서 '탕(Tang)' 이라는 달착지근한 분말가루 주스가 나오면서 끝이 났다. 하루아침에 변신한 애인처럼 그렇게 마음이 돌아섰던 것이다.

사이다나 환타 같은 청량음료가 등장하면서부터 우리 4남매는 식혜 보기를 매끼 밥상에 올라온 그렇고 그런 밑반찬 보듯이 했지만 아버지는 '나는 식혜가 제일로 맛있구나. 너희 엄마 식혜가 제일이야.' 라는 말씀을 빼놓지 않으시곤 아주 달게 드셨다. 기억은 잘 나지 않지만 아이들로부터 외면당하는 식혜를 어머니는 아버지를 위해 예전보다 횟수는 줄었지만 꽤 자주 만들어 놓곤 하셨다.

그렇게 식혜를 좋아하던 친정아버지가 몇 해 전 급성폐렴으로 돌아가셨다. 돌아가시고 3년 동안 부모님이 함께 다니던 절에서 기제사를 지냈고 그다음 해부터는 집에서 지내기로 했다. 어린 조카들도 고만고만 커 돌잔치를 할 일도 없고 결혼시킬 사람 없이 다 출가했으니 큰 잔치나 모임이 없던 터에 우리 집에서 아버지의 기제사는 어머니의 생신을 제외하곤 일년 중 가장 큰 가족 모임이고 행사가 되었다.

친정어머니가 주관하고 언니와 나, 두 남동생과 며느리들은 각자의 일정들을 정리해 아버지 기일 전후 하루나 이틀씩은 비워 놓을 정도로 마음의 준비도 했다.

큰 남동생은 아버지가 해 왔던 제주 노릇을 실수 없이 하려고 제사상 차리기 표를 프린트해 들고 어머니가 준비한 제사 음식을 하나하나 체크하고 제사상을 차리기 시작했다.

병풍을 치고 상을 펴고 유지를 얹은 뒤 과일을 올리고, 전이며 나물이며 포를 정성스럽게 상 위에 올렸다. 절을 하고 술잔을 올리고 국 담은 그릇에 물이 담기고 그렇게 제사는 끝났다. 우리 앞에 서 계실 것만 같은 아버지를 대신해 남동생이 잔을 올리고 제를 모시는 모습이 낯설고 어색한 데다 유난히도 다정했던 아버지가 그리워 우리 모두 마음이 울적했다.

기제사가 음력으로 6월 초니 실내 온도가 30도를 훨씬 넘는데도 어떻게 시간이 흘렀는지 모르게 끝이 났다. 마음을 다 담아 정성스럽고 푸짐하게 만든 음식으로 제사를 지내고 나니 우리 모두 만족스러운 표정을 지었던 것 같다.

하루 종일 제사 음식 준비하고 바삐 움직였던 탓에 어린 조카들은 물론 어른들도 배가 고팠다. 제사상을 치우고 밥상을 차리려 제사상에 올린 음식들이 한 가지 한 가지 주방으로 나오는데, 갑자기 어머니의 얼굴이 어두워지며 금방이라도 울 것 같은 표정이 되었다. '아이고 어쩌냐, 그 양반 좋아하는 건데…….' 어머니는 식탁 의자에 털썩 앉으며 짧지만 깊은 탄식을 내뱉었다. 식혜가 빠졌다. 더운 여름이라 전날 만든 식혜가 쉬기라도 할까 냉장고 깊숙이 넣어두고서는 깜빡한 것이다.

아버지는 달착지근하면서 향긋한 식혜를 유난히 좋아하셨다. "나는 감주 배 따로 있다!"며 밥 한 그릇 다 비우고도 식혜 한 대접은 거뜬히 드셨던 아버지. 49년 함께한 남편을 생각하며 만든 식혜를 집에서 처음 지내는 기제사 상에 올리지 못했으니, 늘 정확하고 꼼꼼했던 어머니는 그런 실수가 믿기지 않는지 한동안 말씀이 없었다.

언니와 나는 '식혜'를 떠올리지 못한 것을 서로 자책하면서도, 아버지가 오셔서 식사하시고 한참 계시다 가실 것이니 지금이라도 드시라고 올리자 했다가, 식혜 대신 다른 술을 올렸으니 되지 않을까, 다음 추석 차례상에 두 배로 올리자느니 이런저런 옹색한 말을 늘어놓기에 바빴다. 이미 제사상이 반 이상 치워진 뒤라 어찌할 도리가 없다고 판단한 어머니는 우리 손주들 배고프겠다며 밥상을 차렸다. 그리고 남은 음식은 4남매에게 싸 주실 요량으로 똑같이 나눠 그릇에 담고 지퍼 백에 담으며 당신의 실수를 잊으려 하셨다.

그날 늦은 저녁을 먹고 제기와 음식들을 다 치우고 난 뒤 작은 소반에 담겨 온 정갈한 식혜를 앞에 두고 온 가족이 모여 한 잔씩 말없이 마셨다.

내년 기제사에는 잊지 말자고 결의라도 하는 것처럼!

'아버지, 그곳에서 잘 계시죠? 혹 식성 바뀌어 식혜가 좀 별로인 것은 아니시죠? 내년에는 꼭 아버지 좋아하시던 식혜부터 먼저 상에 올릴게요…….'

지금 생각해 보면 식혜는 위가 약하고 소화력이 떨어지는 아버지에게는 좋은 소화제였던 것 같다. 늘 소식하고 고기보다는 나물 반찬을 더 좋아했던 것도 약한 위 때문이었으리라.

아버지는 멸치 국물에 구수하게 끓인 된장찌개, 나물 반찬, 달걀찜과 같은 부드럽고 순한 음식 대신 카레나 오므라이스와 같이 썩 좋아하지 않는 음식이 식탁에 오르면 너희들 많이 먹으라며 아버지 그릇에 있던 것까지 덜어 주시고는 티가 나지 않게 조금만 드셨다. 그런 날 식혜가 있으면 아버지는 더 맛있게 들이켰다. 술도 거의 입에 대지 못했던 아버지에게 식혜는 소화제요, 술이었던 것이다.

4남매 중 둘째인 나는 체격이나 식습관이 아버지와 많이 닮은 편이다. 잘 체하고 비위가 약한 것도 그렇고, 어머니를 닮아 키가 크고 덩치가 큰 다른 형제들에 비해 아버지를 닮은 나는 키가 작고 왜소한 편이다.

그래서인가 나는 아버지가 좋아하던 식혜는 물론 한과도 좋아하고, 자극적인 김치찌개보다는 구수하고 부드러운 된장찌개를 더 좋아한다. 식혜 좋아하기로 쳐도 4남매 중 내가 첫째다.

술도 거의 입에 대지 못했던
아버지에게 식혜는
소화제요,
술이었던 것이다.

어머니는 소화를 잘 못 시키는 남편과 딸을 위해서는 부드럽고 담백한 것을, 식성이 좋은 언니와 남동생들을 위해서는 고기나 튀김 등을 고루 안배해 밥상을 차리곤 했다. 밥 잘 먹는 것이 보약이라며 같은 재료라도 아이디어를 더해 색다른 요리로 상에 올리던 젊은 시절의 어머니. 집 근처의 여성회관에 요리 강습을 들으러 다니시고 같은 재료라도 새로운 형태로, 맛으로 변화를 주려 애쓰셨다. 쿠키나 카스텔라, 식빵 같은 음식도 주말 간식으로 만들어 줄 정도로 요리하기를 좋아하고 솜씨도 좋으셨다.

그래도 그중에서 제일은 한결같은 맛을 내는 달착지근하면서 맑은 '엄마 표 식혜' 이리라. 잣 동동 띄운 식혜 한 잔 마시며 힘들었던 하루를 소화시키고 속상했던 일도 단맛으로 녹여 버리는 그런 쉼 같은 음료. 그 음료를 좋아했던 아버지. 그래서 식혜는 나에게는 '그리운 아버지' 다.

최승주 10여 년간 잡지 기자로 일했으며 현재는 요리 연구가와 푸드 스타일리스트로 활약 중이다. 건강과 다이어트 요리, 매일 먹는 일상의 음식 등에 관심이 많으며 잡지와 사보 등에 감각적이면서 실용적인 요리 원고를 기고하고 있다. 『추억을 꼭꼭 담은 밥상』 『최승주와 박찬일의 이탈리아 요리』 『김밥 주먹밥 롤 & 샌드위치』 『2000원으로 반찬 없이 밥상 차리기』 『기적의 다이어트 밥상』 『기적의 다이어트 도시락』 등을 집필했고 『당뇨병 다스리는 최고의 밥상』 『생활 속 보약음식 30가지』 등 많은 책의 요리와 푸드 스타일링을 담당했다. 최근에는 소규모 파티와 모임의 케이터링도 진행하고 있다.

내 나라 향기는 모르겠는데 고향 음식은 진짜 그립더라

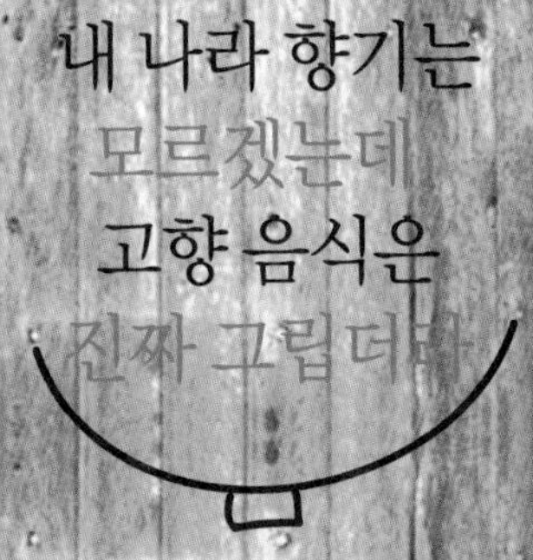

오늘 먹고 있는 것은 그저 그렇다. 너무 넘쳐나서 식상해한다. 주변에 있는 게 당연해서. 반대로 지금 먹지 못하는 것은 어찌 그리 그리운 것일까? 아이들의 타향살이 먹을거리 타령 덕에 우리는 오늘, 이 순간을 누리고 사는 법을 아주 잘 배울 수 있었다. 아, 맛있는 것, 훗날 그리울 것, 오늘도 누린다, 한껏 음미하며……

밤마다 아이들과 '먹기 타령'을 하다

"고국의 향기를 아는 사람은 그 기억으로 타향살이가 더 고되다."

1993년, 네덜란드로 안식년을 지내러 갈 때 한 선배가 그랬다.

남편, 딸, 아들 네 식구 몽땅 가는데, 더구나 딱 1년만 있다 올 텐데 뭐 그리울 시간이 있으랴. 신천지 알아 가는 재미로 나날이 분주할 텐데. 고국이 그렇게 그립다면 그 그리움도 진하게 누려 보자 하는 심정으로 대수롭지 않게 흘려들었다.

그런데 그게 아니더라. 내 나라 향기는 모르겠는데, 아, 고향 음식은 진짜 그립더라. 고향 향기는커녕 맛도 모를 것 같던 아이들은 더 심했다.

날이면 날마다 아이들 주문에 맞춰 뭔가 우리 것이라 할 수 있는 것을 만들어 먹였다. 송편 빚고 시루떡도 쪄 가며 우리나라에서 즐기던 것들, 한 번도 집에서 시도해 보지 않던 것들마저 해 댔다.

재료를 수소문해 구해 만들어도 한국에서 먹던 맛이 아니었다. 입이 그리 짧지도 않은 일곱, 아홉 살 아이들은 "맛없어!" 하면서 제가 빚은 송편마저 한입 베어 물고 더는 손도 대지 않았다. 딴 재료로 새 음식을 만들어 보았지만 족족 실패였다. 그도 그럴 것이 아시아 상점에서 파는 재료들은 우리 것과는 이름만 같지 판이하게 달랐다. 네덜란드에는 우리나라 찬가게가 하나도 없던 시절이었다. 아시아 상점에서 파는 쌀가루는 바싹 말라 있어 물을 더해도 촉촉한 떡이 되지 않았다. 게다가 동남아시아 특유의 쌀 냄새가 폴폴 나서, 어떤 음식을 해도 따라다녔다. 가슴 깊이 맡아지는 묘한 그 냄새는 나도 역겨웠다. 암스테르담에 있는 태국 음식점에서 식사 대접을 받은 적이 있는데 염치 불구하고 국수를 남기기도 했다. 냄새가 참 그렇더라. 하긴 후각이 먼저 음식 맛을 알아본다니 당연한 것이었는지도 모르겠다.

그러고 보면 지금은 입이 아주 국제화되었다. 나를 위시하여 온 가족이 이제 이 나라 저 나라 가릴 것 없이 잘 먹는다. 그 무렵 나 역시 밤마다 한국으로 장 보러 가는 꿈을 꾸었다. 오죽 입맛에 맞는 장보기가 소원이었으면……. 아이들도 뒤질세라 한국 음식 타령이 이어졌다. 급기야 고국으로 돌아갈 날을 두어 달 남긴 때부터는 "엄마, 송편 먹고 싶어. 떡 먹고 싶어."로 시작된 먹을거리 타령을 밤마다 들어야 했다. 저녁 10시가 되어도 바깥 하늘이 훤하던 그때, 아이들과 침대에 뒹굴며 아예 판을 펴 '군대 놀이'를 하기로 했다. 군대 놀이? 남편이 군대 훈련병 시절 민간인이 먹던 것을 그리워하며 밖에 나가면 먹을 것들을 줄줄이 꿰던 것에 착안한 놀이였다.

"떡볶이!"

"순대, 순대, 순대!"

큰아이가 한 개 말하면 말이 끝나기 무섭게 작은아이가 받았다. 얼마나 다급하고 절실했으면 단어를 두 번 세 번 반복해 말했다.

술떡!

호박죽!

그러더니 무섭게 몰아치며 누구 차례랄 것도 없이 줄줄이 읊어 댔다.

갈치구이, 맛있는 된장찌개. 청국장, 우리나라 두부, 우리나라 짜장면, 급기야는 명태 눈알까지.

떠나 있으니
별게 다 먹고 싶다고 했다.
그리움처럼 밀려오는지
밤새 이름 대기를 했다.

명태를 통북어 쾌로 사서 물에 촉촉하게 녹였다가 두드려 다듬으면서 아이들에게 눈알을 파 먹였다. 두 아이 다 척척 북어를 손질하는 엄마 앞에 바짝 다가앉아 눈 좋아진다며 발라 주는 눈알을 차례 지켜 가며 잘도 받아먹더니…….

떠나 있으니 별게 다 먹고 싶다고 했다. 그리움처럼 밀려오는지 밤새 이름 대기를 했다. 이왕 할 바에야 신나게 하자고 했다. 먹고 싶은 음식 대기에 이어 '우리나라로 돌아가면 무엇부터 먹을까?' 차례 정하기, '누구와 먹을까?' 사람 이름 대기, '얼마나 먹을까?' 양 말하기까지.

"이제 곧 한국으로 돌아갈 텐데 그때는 여기 네덜란드 음식이 그립겠다. 우리나라에 가서는 거꾸로 여기의 뭐가 그리울까?"

"용까쓰, 플럼, 염소젖 아이스크림, 미꾸라지 젤리, 감자튀김. 음, 감자튀김은 헤마 앞에서 파는 게 최고야."라면서 아이들은 흥겨운 듯, 이 나라 것들을 늘어놓았다.

'용까쓰'는 '영 치즈'란 뜻이다. 중간 정도 숙성한 것으로 맛, 풍미 모두 부드럽다. 우리 아이들과 함께 그 많은 치즈 가운데 시행착오를 겪으며 이것저것 먹어 보아 낙점된 것이다. 맛깔스런 용까쓰는 날로 먹어도, 빵 사이에 넣어 먹어도, 불에 익혀 먹어도 근사하다. 플럼은 양자두다. 우리나라에서는 보기 어려운데, 신맛은 적고 단맛이 많은 편이며 길쭉하다. 주로 색다른 맛을 즐겼다. 암스테르담과 암스텔베인 사이에 길게 자리한

보스반 공원 안에는 염소 목장이 있다. 그 목장에서 나는 젖으로 만든 아이스크림은 공원 놀이 갈 때마다 먹는다. 어린 염소들과 어울려 다니며 아이스크림을 빠는 맛이 색다르다. 감자튀김 역시 속은 폭신하고 껍질은 바삭한 환상적인 맛이라 아이들이 연호할 만하다.

"그러니까 여기 있는 동안 여기 것 먹으며 몇 달 뒤, 몇 년 뒤 그리울 이 맛을 만끽하며 살자. 음미하고 또 음미하자!"

고향의 향기가 아니라 먹을거리 향수가 고향을 그리게 하는구나! 아님 고향의 향기가 그리워 몸에 그 먹을거리라도 담아 보려 그리 갈망하는지도. 누가 그랬던가, '내게 너무도 지겨운 오늘은 어제 죽은 이가 그리도 갈망하던 내일' 이라고.

오늘 먹고 있는 것은 그저 그렇다. 너무 넘쳐나서 식상해한다. 주변에 있는 게 당연해서. 반대로 지금 먹지 못하는 것은 어찌 그리 그리운 것일까? 아이들의 타향살이 먹을거리 타령 덕에 우리는 오늘, 이 순간을 누리고 사는 법을 아주 잘 배울 수 있었다. 아, 맛있는 것, 훗날 그리울 것, 오늘도 누린다, 한껏 음미하며…….

우리는 네덜란드에 살며 이국의 음식을 먹을 때마다 눈을 감고 코를 벌름거리며 맛, 향, 색을 즐겼고 찬탄하고 감동했다. 먹을 때 낼 수 있는 온갖 묘기를 다 부려 가며 무슨 운동 경기하듯 신나게 음식을 먹었다. 20년이 다 된 지금도 그 버릇이 간혹 나온다.

수수만 보면 몸이 먼저 반긴다

보기만 해도 기분 좋은 곡식이 있다. 수수. 어린 시절 사월 초파일, 내 생일이 되면 수수 경단을 꼭 먹었다. 해마다 겨울이면 외할머니는 그 가을에 수확한 수수 가루를 마련해 집으로 오셨다. 그것으로 어머니는 수수팥떡을 만드셨다. 열 살까지 생일에 떡을 해 먹이면 아이가 잘 엎어지지 않는다고 하시며. 수수 가루로 경단을 빚어 끓는 물에 데쳐 팥고물을 묻히면 완성이다. 수수의 쫀득함과 팥고물의 부드러움이 입에 착 달라붙었다. 올해까지, 올해까지 하셨는데 내가 나이가 들면서는 어지간한 시중은 다 들고 경단 빚기도 척척 해 냈다. 아홉 살부터는 아예 스스로 만들 수 있게 되었다. 열 살까지는 꼭 먹었다.

정말 그래서인지 나는 잘 엎어지지 않는다. 대부분의 아이들이 무릎 깨는 일이 비일비재했건만 나는 거의 그런 기억이 없다. 또 학교 교실 복도를 지날 때마다 개구쟁이 남자아이들이 발을 걸어 넘어뜨리려 해도 좀처럼 엎어지지 않았다. 양초로 한껏 윤을 낸 마루라 그냥도 미끄러질 만했는데 말이다.

몇 년간 먹은 기억으로 지금도 수수 가루만 보면 기분이 좋고 수수 이름만 들어도 입맛이 돈다. 수수떡뿐 아니라 수수부꾸미, 수수밥까지 수수로 만든 것이라면 무엇이든 대환영이다. 수수 하나로 온몸이 흐뭇하다. 팥고물 맛에 길들여져 팥 음식도 좋아한다. 팥죽, 팥빙수, 팥밥, 팥 양

갱……. 팔죽색마저 반갑다.

사실 누가 나를 위해 보글보글 끓인 무언가를 먹어 본 기억은 참 없다. 고조모, 증조모가 살아 계신 큰 집안의 맏딸로 태어나고 자라 어려서부터 언제나 의젓하게 어른 노릇을 해야 했다. 그것이 그대로 이어졌다. 결혼하던 날부터 시누이를 데리고 살다 보니, 지방 출신 남자의 아내로 친구, 친척들을 맞이하다 보니 일이 서툴다 좀 꾀를 부려 보지도 못하고 신혼에 이미 훌륭한 주부 노릇, 엄마 노릇을 해야 했다. 그러니 뭐든 해 먹이기만 바빴다.

어린 시절 외할머니 편찮으시면 외숙모가 녹두죽을 끓이고 친할머니 편찮으시면 엄마는 늘 고기를 고았다. 정성을 다해 음식을 만드는 것을 보고 자라서 누가 불편해하면 먼저 알아 비위 맞추고 대령하게 되었다.

'엄마학교' 에서는 설, 추석 명절 전날에는 떡을 맞춰다 엄마들에게 먹인다. 떡 먹고 씩씩하게 기운 내서 명절 동안 마음 상하지 말고 몸 축나지 말라고. 아내로, 며느리로, 엄마로 고달프기만 한 명절이라 생각하는 엄마들에게, 말하자면 위로의 떡을 하사하는 것이다. 어떤 엄마들은 친정엄마도 안 챙기는 것을 선생님이 다 챙기신다며 울며 받아먹는다. 내가 받고 싶던 그것을 다른 이들에게 한다. 엄마들에게 위로의 음식이 되려나?

남을 위해서도 준비하지만 나를 위해서도 떡을 자주 맞춰 먹는 버릇이 있다. 궁중병과 연구원 이수자가 만든 '부편' 은 언제나 맛있다. 견과류가

수수떡뿐 아니라
어떤 떡이라도 정성으로
빚었다면 마주할 때
마음이 따뜻해진다.

들어간 거피팥소 쑥떡이 거피팥고물에 묻어 있다. 제주 오메기 떡도 환상이다. 쑥 오메기 껍질에 붉은 팥 속도 풍성하다.

수수떡뿐 아니라 어떤 떡이라도 정성으로 빚었다면 마주할 때 마음이 따뜻해진다. 오로지 날 위한 것이 아니더라도 알지 못하는 누군가를 위한 정성이라도 그 안에서 위로받는다. 가지런히 담긴 떡을 보며 코를 흠흠거리고 눈을 감고 맛을 음미한다. 아, 좋다! 참 좋다!

서형숙 덕성여자대학교에서 국문학을, 이화여자대학교 대학원에서 한국고대미술사를 전공했으며, 결혼 후 대학원 공부를 놓고 육아에 전념하며 전문 주부가 되었다. 1989년 한살림 공동체 운동을 시작하여 소비자 대표를 거쳐 현재 자문위원장으로 활동하고 있다. 2006년 '달콤한 육아 · 편안한 교육 · 행복한 삶'의 비결을 후배 엄마들에게 나누고자 북촌 계동 한옥에 '엄마학교'를 열어 아이와 함께 행복하게 사는 법을 전하고 있다. 지은 책으로는 『거꾸로 사는 엄마』 『엄마학교』 『엄마라는 행복한 직업』 등이 있으며, 『엄마학교』는 일본과 대만에서도 출간되었다.

뜨거운 잔치 국수에 떨군 눈물

어떤 말로도 부끄러움을 사죄할 수 없었던 그 시절, 나는 뜨거운 잔치 국수를 먹으면서 하염없이 울고 말았다. 삶의 방향을 선명하게 잡지 못해 조바심 피우던 못난 아들이, 어버이를 멀리 떠나 가슴 가득 부끄러움의 회한을 안고 있었던 그 시절의 못난자식이, 비로소 용서를 구하는 울음말이다.

1.

다시 지나간 시절의 이야기를 하나 꺼내들어야겠다. 누구나 거쳤을 시절의 이야기일 수 있다. 비범성이 없는 존재인 까닭에, 이 이야기는 누구나의 이야기가 될 수도 있을 것이다. 김승옥의 출세작 『무진기행』의 윤희중은 이른바 출세한 촌놈이다. 그는 중요한 인생의 갈림길에서 세 번 '무진'

이란 그의 원초적 고향으로 숨어들었다. '무진' 이란 장소는 일종의 현실 도피 공간인 것이다.

도피처가 어머니의 자궁과 같은 곳이라는 점은 쉽게 납득할 수 있는 공간 설정이다. 모든 것의 근원이자 최초의 정주지(定住地)였던 곳, 그것이 축축한 물의 이미지를 닮아 있다는 것은 조금도 놀랍지 않다. 슬픔에 잠겨 있을 때, 좌절했을 때의 심정, 어딘가로 한없이 달아나고 싶을 때 그 대상이 '물컹거리는' 이미지와 가깝다는 것은, 위로가 필요한 모든 존재들에게 쉽게 공감되는 부분일 것이다. 아마도 소설 속 윤희중의 나이를 거의 비슷하게 지나왔을 지금의 내게, 그런 '물컹거리는', '안개와 같이 습하고 촉촉한' 위안의 공간이 과연 있기나 할까?

2.

1983년 대학에 진학한 나는 대학 셈법으로 '팔삼학번' 이다. 여름과 겨울 방학이면, 하숙을 비우고 고향으로 내려오곤 했다. 그렇지만 그 시절 '고향' 이 김승옥의 소설에서 그려졌던 '무진' 처럼 그런 위안의 장소였던 것은 아닌 듯하다. '아닌 듯하다' 라고 말하는 것은, 그게 확실한 자신이 없기 때문이다.

입에 붙은 '시골 우리 집' (東海市로 승격했지만, 여전히 나는 시골 우리 집이라고 말한다.)이란 표현처럼, 이곳은 위안과 위로를 주는 곳이 아니라, 여전히 벗어나고 싶은, 또는 벗어나야만 하는 그런 공간으로 인식됐다고 말하는 게 정확할 듯하다. 산과 물이 에워싼 곳임에도 나는 내 고향 마을에서 '무진' 의 그 느낌을 받지 못했다. 그저 익숙한 곳, 골목마다 길목마다 혹은 초등학교 뒤 뚝방 너머가 유년의 추억이 서려 있는 곳 정도로 다가올 뿐이었다. 대학을 다니던 4년 동안, 서울과 고향 북평을 오르내리면서도 이 느낌은 변함이 없었다.

시골 우리 집 뒤로 아시아에서 제일 크다는 '시멘트 공장' 이 있었다. 공장에서 뿜어져 나오는 매캐한 연기가 마른 아교풀 같은 냄새를 풍겼다. 중학교, 고등학교가 멀찍이 떨어져 있어서 자전거로 주로 통학해야 했다. 밤늦게 집에 도착해 보면, 검은 교복 위에 하얗게 가루가 내려앉아 있었다. 심한 날에는 아침 통학 길에도 교복이 공장에서 뿜어져 나온 정체불명의 돌가루로 뿌옇게 덮여 있었다. 우리는 그것을 '시멘트 가루' 라고 불렀다. 나는 그것이 싫었다. 아니 그보다는 공장에서 24시간 돌아가면서 뿜어져 나오는 연기와, 석회석을 구워 낼 때 나는 '아교풀' 같은 그 냄새가 싫었다. 바람을 타고 스멀스멀 기어오는 아교풀 냄새는 정말이지 나를 무기력하게 만들었다. 동네 아이들과 늦게까지 놀다가 돌아올 무렵, 옷에 묻은 흙이나 도깨비풀을 털어 낼 때에도 어김없이 그런 냄새가 쫓아왔다. 그러니 내 고향은 '위안' 을 주는 곳이 아니라, 벗어나야 할 삭막한 장소로

쫄깃한 면발과 오이, 호박 등을 다져 만든
시원한 멸치 국물은
어린 나를 무척이나 자극하는
'값비싼 저녁 밥상'이었다.

인식될 수밖에 없었다.

3.

시골 우리 집을 떠올리면 두 가지가 금방 연상된다. 하나는 바로 앞에서 말한 바람에 섞여 날아오던 '아교풀' 냄새고, 다른 하나는 여름날 저녁 평상 위에서 말아 먹던 잔치 국수다. 그 잔치 국수 뒤에는 젊디젊은 어머니 모습이 어른거린다. 지금은 일흔을 훌쩍 넘기셨지만 기억 속의 어머니는 여전히 젊고 고우시다. 1970년대 시골 우리 집 대문 옆에는 커다란 감나무가 높게 키를 세우고 있었다. 아버지의 할아버지께서 심으신 감나무라고 하니 수령(樹齡)도 제법 됐다. 여름이면 그 나무 아래 평상을 놓고 위에 눕곤 했다. 여름날 쑥으로 모깃불을 피우고 평상에 누우면, 별똥별이며 은하수며 오래도록 올려다볼 수 있었다. 그렇지만 시멘트 가루가 심하게 날려올 때가 많아 평상 위에서 오래 시간을 보낼 수는 없었다. 그래도 녹음 우거진 여름날에는 아교풀 냄새도, 하얀 돌가루도 뜸했던 것 같다.

그렇게 아교풀 냄새도 나지 않고, 하얀 돌가루도 날려오지 않는 여름날 저녁, 아직 모든 사물의 경계가 또렷하지만 곧 저녁놀 속에 실루엣으로 변해 갈 무렵, 어머니는 자주 국수를 말아 주셨다. 쫄깃한 면발과, 오이, 호박 등을 다져 만든 고명, 시원한 멸치 국물은 어린 나를 무척이나 자극하는 '값비싼 저녁 밥상' 이었다. 비록 금방 배가 꺼지긴 했지만, 면발이 두둑한 국수 그릇을 마주 대하면, 군침이 절로 꿀꺽 삼켜졌다. 초등학교를 다니던 무렵이나, 자전거로 4km 떨어진 중학교를 다니던 때에도, 제법 머리가 굵어졌다 우쭐거리던 고등학교 때에도 그렇게 여름날 저녁, 어김없이 어머니가 만들어 주시던 국수가 따라다녔다. 이 국수를 먹는 동안만큼은 그 어디에도 아교풀 냄새도, 하얀 시멘트 가루도 없었다.

4.

1987년 2월 나는 대학을 마치고 시골집으로 내려왔다. 인생을 어떻게 완성해 나가야겠다는 뚜렷한 계획도 없던 시절이었다. 대학원에 진학하려던 계획도 실패했다. 재학 중에 군 입대를 하지 않았기 때문에, 8월 영장이 이미 '세금 고지서' 처럼 나와 있었다. 피할 방법이 없었다. 졸업을 하고 시골 우리 집에 내려와 있던 이 시기가 아마도 내 생에 있어서 가장 곤핍했던 시절이었으리라. 그렇다고 말하는 이유는, 방향을 가늠할 수 없었기 때문이다. 어디로 가야 할지, 무엇을 해야 할지……. 곳곳에서 아교풀 냄새가 진동하는 것만 같았다. 그런 시절이었다.

이즈음, 나와 아홉 살 터울의 당숙이 드디어 결혼을 하게 됐다. 숙모가 될 분은 춘천 사람으로, 역시 나보다 다섯 살 많은 중학교 선생님이었다.

나는 두 분 약혼식에 함을 지고 춘천으로 갔다. 조카가 함잡이가 된 것이다. 기억을 더듬어 보니, 두 분의 결혼식이 어디서 있었는지 잘 떠오르지 않는다. 내가 기억하는 것은 이 결혼식이 있고 나서 당숙 내외가 신혼여행을 다녀온 뒤에 일어난 어떤 사건 하나다.

어머니가 갓 시집오셨을 때, 당숙은 일곱 살 꼬마였다는 것만 이 글에서 밝혀야겠다. 당숙에게 어머니는 '형수님' 이상의 존재였다. 신행에서 돌아온 날 오후였을까. 당숙이 그렇게 술을 많이 마신 것을 처음 보았다. 집안의 대소간 친척들이 모두 모인 자리였다. 술이 오른 당숙의 목소리가 들렸다. 이런저런 심부름을 하면서 상을 거들던 나는 그런 당숙의 하소연을 듣고 무엇에 이끌렸는지는 모르겠지만 끼어들고 말았다. 대학도 졸업했고, 이제 곧 군대 간다는 생각에 다 자란 어른쯤으로 스스로를 여긴 탓일 것이다. 과묵하시던 아버지가 그런 나를 나무라셨다. 내가 끼어든 것은 '나도 끼어들 만한 자격이 있다' 고 생각했기 때문이었지만, 이런 나의 참견은 여지없이 아버지 앞에서 박살 나고 말았다.

"니가 뭔데 어른들 일에 나서냐. 조용히 있어라."

아버지는 단호하셨다. 아버지의 그런 단호함이 갑자기 낯설게 느껴졌다. 아마도 군 입대를 한 달여 앞둔 때였기 때문이리라. 나는 그 말씀이 너무나 서운하고 섭섭했다. 대학 졸업 후의 방황, 그리고 이 방황에는 어쩌면 아버지의 책임도 있을 것이라는 좁은 소견이, 대학을 졸업하고도 별 하

나는 지금도 국수를 좋아한다.
일요일 아내가 만들어 주는 국수도 좋다.
그렇지만 뭐니 뭐니 해도 시골 어머니께서
만들어 주시는 국수가 제일 좋다.

릴 없이 시간을 보내는 못난 아들에 대한 아버지의 안타까움을 잘못 이해하게 만들었을지 모르겠다. 친인척들이 모인 자리고, 그 많은 사람들 앞에서 꾸지람을 들어서인지, 내 마음속의 폭죽들이 터지고야 말았다.

이 폭죽은, 내 스스로가 만든 우유부단한 인생의 계획, 대학을 졸업했지만 뭐 하나 제대로 하지 못하고 있던 어설픈 국문학도라는 자괴심, 그리고 아버지, 어머니에 대한 면목 없음 같은 감정들이 뭉쳐져 만들어진 것이 틀림없었다. 아버지와 아들이 이런 모습을 보이고 있을 때, 어머니는 부엌에서 조용히 상을 차리고 계셨던 것 같다.

나는 창호지를 바른 문을 박차고 마당으로 내려섰다. 치기 어린 반항심이 끓어올랐다. 어떻게 제어해야 할지 몰랐다. 눈에 띄는 대로 들고 던지고 내리치고 고함을 질렀다. 아마도 이 어이없는 아들의 고삐 풀린 기행은 안방에 그대로 전해졌으리라. 어머니가 뛰어나오시고, 외사촌 누이도 함께 달려와 나를 달랬던 것 같다. 가장 후회스러운 일이었다. 눈에 눈물이 맺혔다. 정말 값싼 눈물이었다. 그리고 얼마 뒤 나는 머리를 빡빡 밀고 춘천 102보충대에 도착했다.

5.

신병 훈련을 마친 뒤, 부대를 배치받기 전에 훈련병들은 대개는 사단

휴양실에 묵게 된다. 동생 친구들과 입대한 나는 이런 사실을 부모님께 알리지 않았다. 늦가을 백암산 자락 어느 부대에 배치됐다. 정말 황량하고, 마음 가득 나뭇잎 떨어지는 바람 소리만 들려오는 곳이었다. 시간은 금방 흘렀다. 늦가을 시월의 끝머리에 나는 백암산 자락에서 시인 최승호가 노래했던, 쬐그만 닭털 같은 흰 눈을 맞았다. 며칠이고 밤새 함박눈이 가득 내리기도 했다. 나는 전방 철책선에서 일병 계급장을 달았다. 바로 위의 고참이 휴가를 떠나기 전날 밤, 오히려 밤새 뒤척인 것은 나였다. 그리고 나도 곧 휴가를 받았다. 꽃잎이 얼굴을 내밀던 4월로 기억된다.

그 뜨거웠던 1987년 8월, 춘천 102보충대로 향할 때와는 많이 달랐다. 화천에서 북평까지 먼 길이었다. 그렇게 싫었던 아교풀 냄새나 하얀 돌가루는 안중에도 없었다. 아버지에게 대들고 난 뒤, 시커먼 연탄 가루가 날리던 정동진을 하루 동안 헤맸던 이후로, 두 분께 그날의 그 악에 바친 기행을 사죄하지 못했다. 부랴부랴 쫓기듯 군대로 달아난 것이다. 집으로 돌아오는 첫 휴가가 그래서 무거웠고 무서웠다.

저기 조금만 더 가면 불빛 새어 나오는 우리 집이 보일 것이다. 어두운 고향 마을 어귀에서부터 가슴이 뛰었다. 군화 소리도 들리지 않았다. 심장 소리만 요란하게 들렸다. 어떻게 아버지, 어머니와 대면했는지 지금도 잘 모르겠다. 부끄러움이 가득한 길이었으므로. 집은 여전히 작고 문풍지 울리는 바람 소리가 밖에서 왱왱거렸다. 그때 어머니께서 내게 무엇을 해서 먹이셨는지 좀처럼 기억나지 않는다. 좋아하는 몇 가지 음식들을 준비하셨겠지만, 분명하게 기억하는 것은 멸치 물 다신 육수에 호박을 잘게 채를 썰어 고명을 얹은, 하얗게 빛나는 국수 한 그릇이다. 뜨거운 물에 만 국수를 나는 그때 어떻게 먹었을까. 되돌아가고 싶은 순간이 있다면, 나는 그 순간을 주저없이 말하겠다. 어떤 말로도 부끄러움을 사죄할 수 없었던 그 시절, 나는 뜨거운 잔치 국수를 먹으면서 하염없이 울고 말았다. 삶의 방향을 선명하게 잡지 못해 조바심 피우던 못난 아들이, 어버이를 멀리 떠나 가슴 가득 부끄러움의 회한을 안고 있었던 그 시절의 못난 자식이, 비로소 용서를 구하는 울음이었다.

6.

나는 지금도 국수를 좋아한다. 일요일 아내가 만들어 주는 국수도 좋다. 그렇지만 뭐니 뭐니 해도 시골 어머니께서 만들어 주시는 국수가 제일 좋다. 이 소소한 이야기를 마무리 지어야 할 때가 됐다. 나는 지금도 고향의 마을을 떠올리면, 아교풀 냄새와 시멘트 가루가 연상된다. 떠나 있으면 가 보고 싶지만, 막상 고향에 내려가면 금방 떠나고 싶어진다. 고향이란 물질적 공간은 내게 그 어떤 위안의 대상도 되지 않는다. 곳곳에 스며든 추억은 점점 쪼그라들고 있다. 그러나 거기 시골집에 지금도 계신, 텃밭에 쪼그려 감자나 가지, 고추 따위를 키우고 계신 어머니와 아버지는 그 이름만으로도 내게 '위로' 와 '위안' 의 촉촉한 공간이 된다. 그리고 그런 생각에 잠길 때마다, 내 영혼은 어머니가 말아 주시던 잔치 국수와 함께 넉넉해진다. 국수의 그 탱탱한 면발처럼 두 분이 우리 곁에 오래도록 머물러 주셨으면 좋겠다.

최익현 대학원에서 공부할 때는 식민체제와 글쓰기 문제에 관심이 많았지만, 지금은 인문학, 사회과학, 자연과학, 예술 등 다양한 분야의 책 읽기에 더 관심을 기울이고 있다. 「교수신문」 편집국장으로 있으며, 2012년부터 「경향신문」의 '책읽는 경향' 필진으로 참여하고 있다.

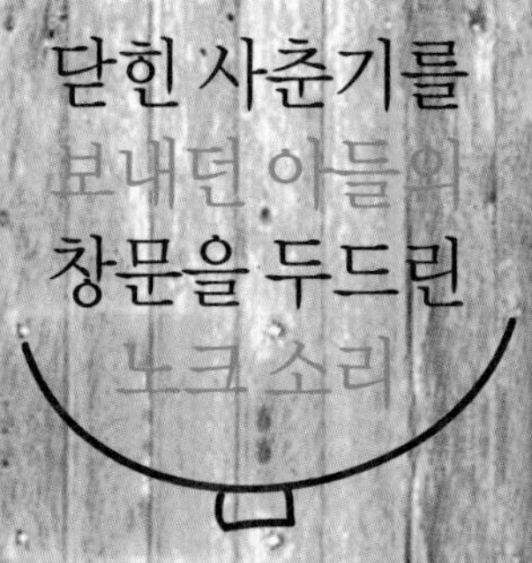

닫힌 사춘기를 보내던 아들의 창문을 두드린 노크 소리

가까워지고 싶은 누군가와 살고 있는 동네를 벗어나 그리 멀지 않은 곳에 나갈 수 있는 기회만 만들 수 있다면, 그래서 매일 먹던 밥과 아주 조금 다른 음식을 맛볼 기회를 가질 수 있다면 충분할 것 같다. 그곳에당신의 '오믈렛'이 기다리고 있으리라.

내가 갖고 있는 고리타분한 고정관념인지는 모르겠는데, 음식에 관한 글이라고 하면 당연히 맛있게 만드는 방법을 다룬 것이거나 아니면 어디에 가면 어떤 음식을 맛있게 하는 좋은 식당이 있다는 식의 맛집 탐방에 관한 글을 떠올리게 된다. 만약 음식에 관한 글이 그런 것이어야 한다면 아마 나는 이 글을 쓸 자격이 없는 사람일 게다. 왜냐하면 아내의 '주장' 에 따르면 나는 뭐든지 맛있다고 하는, 즉 맛을 제대로 못 보는 사람이기 때문이다. 미식가는커녕 평균에도 못 미친다나 뭐래나. 미식가? 일단 사전에서 미식가를 뭐라고 하는지 찾아봤더니 "음식에 대하여 특별한 기호를 가진 사람, 또는 좋은 음식을 찾아 먹는 것을 즐기는 사람"이라고 한다. 이것을 다시 표현해 보면, 맛있는 것은 찾아 먹고 맛없는 것은 안 좋아하는 사람이라 할 수 있겠다.

그런데 아무리 생각해도 미식가, 이거 불행한 사람들인 것 같다. 세상의 수많은 음식들 대부분이 맛이 없기 때문에 맛있는 것을 애써서 찾아다녀야 하는 사람이 아니겠는가. 아마도 미각 기관 중에서 맛있다고 느끼는 대역이 좁은 사람들일 텐데, 난 그 대역이 넓어서 뭘 먹어도 맛있으니 음식과 관련해서는 거의 언제나 행복한 사람이다.

이러다 보니 집에서 나는 요리를 못하는 사람으로 분류된다. 굳이 엄청나게 맛있게 만들 필요가 없으니 대충 만들어도 별문제가 없고, 그렇게 만드니 남들이 보면 요리 솜씨가 없는 사람으로 여겨질 수도 있겠다. 심지어 냉장고에 있는 것들을 대충 꺼내 먹어도 맛있으니 사실 요리를 하는 경우도 거의 없다. 먹는 즐거움을 찾는 사람들에게는 가당치 않은 소리처럼 들리겠지만, 나는 가급적 요리를 하는 데에 시간을 많이 들이지 말자는 생각을 늘 한다. 자연주의를 평생 실천하며 살아가는 사람들 중에는 요리보다 더 의미 있다고 생각하는 일에 더 많은 시간을 쓰면서 사는 사람들이 있다. 그래, 그 시간에 내가 좋아하는 친구들을 한 번 더 만나고, 나를 성장시키는 책도 한 줄 더 읽고, 사회를 아름답게 하는 활동도 조금 더 하고……. 게다가 나는 낮은 수준이기는 하지만 채식을 하는 사람이잖아. 미식가라면 온갖 맛있는 것을 다 먹겠지만, 특별한 이유로 특정 음식을 먹지 않겠다고 결심한 사람이니까 먹는 것으로부터 좀 더 자유로워질 수 있을 거야.

그런 내가 만드는 거의 유일한, 아니 사실상 유일한 음식이 있다. 음식과 관련한 원고 청탁을 받았을 때 주저 없이 가장 먼저, 그리고 유일하게 떠오른 음식이기도 한 그것은 바로 오믈렛.

아니, 요리를 거의 안 하는 사람이 만드는 유일한 음식이 김치찌개나 된장찌개도 아니고 하필이면 서양 음식인 오믈렛이라니! 어느 음식이라도 사연이 없을 수는 없겠지만, 내게는 오믈렛과 관련된 아주 특별한 추억이 있다. 그 얘기를 해 보자.

내게는 대학을 곧 마치는 딸과 고등학교를 곧 마치는, 즉 고3인 아들이 있다. 그런데 두 아이의 성격이 참으로 신기할 정도로 다르다. 첫째는 하루 종일 종알종알 떠드는 수다쟁이다. 예를 들면, 초중고를 다닐 때 학교에 갔다 오면 "엄마, 오늘 1교시에는 어쩌고저쩌고, 2교시에는 어쩌고저쩌고……." 거의 매일 학교생활을 실황 중계를 하는 것 같았다. 그렇게 떠들어야 하니 당연히 떠들 상대가 있어야 하고, 그러다 보니 누군가와 마

아이를 키워 본 사람들은 누구나 알겠지만,
어디 아이들이 부모 원하는 대로 커 주는가.
한번 굳어진 관계는
좀처럼 개선의 여지를 남기지 않는다.

주 앉기 위해서 마루에 나와 있는 시간이 길었다. 그런 누나에 비해서 둘째는 참 조용하다. 일단 말수도 적고 표현도 많이 하지 않으며, '질풍노도' 와 같은 사춘기를 보내면서 학교에 다녀오면 거의 언제나 자기 방에 문 닫고 들어가 있는 편이었다. 이런 모습이 언제부터 시작되었는지는 정확하게 기억할 수는 없지만, 아마도 서서히 진행되어 왔겠지. 밖에서 별다른 말썽을 피우는 것도 아니고 아무리 봐도 그리 문제가 있어 보이지는 않았지만 나는 왠지 아들의 그런 모습이 좀 불편했던 것 같다. 같이 어울려서 웃고 떠들고 얘기를 나누는 것이 화목한 가정일 거라는 '화목 이데올로기' 에 너무 집착을 해서 그랬는지도 모르겠다.

어쨌든 나는 아들과 좀 더 많은 얘기를 나누는 게 좋겠다는 생각을 했고 나름대로 몇 번 시도를 해 보기도 했다. 물론 잘 안 되었다. 아이를 키워 본 사람들은 누구나 알겠지만, 어디 아이들이 부모 원하는 대로 커 주는가. 한번 굳어진 관계는 좀처럼 개선의 여지를 남기지 않는다. '밥 먹었니?', '예, 먹었어요.' 수준의 대화는 오갔지만, 아들 친구들 중에서 내가 이름을 아는, 아니 이름을 들어 본 아이들도 별로 없었고, 요즘 고민이 뭔지, 뭘 하면 신나는지 전혀 알지 못했다.

그러던 어느 겨울, 내가 헝가리의 부다페스트에서 열리는 국제 회의에 참석할 일이 생겼다. 그런데 가족이 함께 올 경우에도 초청하는 측에서 숙식을 무료로 제공한다는 것이 아닌가. 그냥 버리기에는 무척이나 아까운 제안이었다. 아내와 나는 이런저런 얘기를 나눈 끝에 내가 아들을 데리고 가기로 했다. 서먹한 부자가 일주일을 함께 붙어 다닐 생각을 하면 마음이 그리 편한 것만은 아니었지만, 붙어 있다 보면 어쩔 수 없이 대화도 나누게 될 테고, 그러다 보면 부자간에 관계 회복도 이뤄지지 않겠느냐는 나름대로 치밀하다면 치밀한 계획이었다. 그리 친하다고 하기 어려운 아빠와의 일주일 동행을 아들은 함께하겠다고 답했다. 약간 의외였다. 아마도 해외여행이라는 유혹이 컸겠지. 그 애가 중학교 1학년을 마치고 겨울방학을 맞던 때였다.

그렇게 떠난 여행, 프라하에서 1박을 한 후에 부다페스트에 도착해서 주최 측에서 제공하는 호텔에 짐을 풀고 나자마자 일정이 시작되었다. 아들을 하루 종일 호텔 방에 가둬 놓을 수도 없고 해서 회의장에 데려갔는데, 그곳이 마침 대학이어서 혼자 교내 휴게실 등을 전전(?)하며 준비해 간 노트북 컴퓨터로 영화도 보고 게임도 하며 종일을 기다렸다. 물론 식사 때는 함께했고. 부부 동반은 제법 있었지만, 청소년 자녀를 동반한 참석자가 없어서 그런지 아들은 그 회의에서 나름대로 관심을 끄는 동반자였던 것 같다.

그렇게 첫 밤을 보내고 맞은 다음 날 아침, 대충 씻고 아들과 함께 1층의 뷔페식 식당에 내려가서 이런저런 음식을 접시에 담다가 계란 요리를 해 주는 곳을 발견했다. 아들은 계란으로 이런저런 모양의 '프라이' 를 해 먹는 서양식 아침 식사가 익숙하지 않았을 텐데, 특히 내가 이것저것은 넣고 또 다른 이것저것은 빼고 만들어 달라고 주문한 오믈렛을 요리사가 즉석으로 만드는 모습을 눈여겨보고 있었다. 그러더니 자기도 똑같은 오믈렛을 주문하고 또다시 유심히 쳐다봤다. 덕분에 나도 만드는 과정을 매우 찬찬히 뜯어볼 기회를 가질 수 있었다. 그다음 날 아침, 역시 우리는 오믈렛을 주문했고 시간을 두고 조리 과정을 느긋하게 감상했다. 물론 그다음 날도 마찬가지였다. 그 일주일 동안 여러 가지 음식을 먹었고 둘러본 곳도 꽤 여러 군데였지만, 웬일인지 별로 기억에 남은 것은 없다. 하지만 오믈렛만은 예외였다. 둘이 말도 하지 않고 뚫어져라 지켜보았던 조리 과정, 꽤나 인상적이었나 보다.

여행을 마치고 돌아온 후 나는 졸지에 오믈렛 요리사로 화려하게 변신했다. 주중에는 출근 때문에 바빠서 어렵지만, 주말에는 지난 몇 년 동안 단 한 번의 예외 없이 식구들을 위해 오믈렛을 만든다. 달궈진 프라이팬에 네모나게 썬 야채들을 식용유 없이 먼저 볶다가 불을 줄인 후에 식용유를 붓고, 잠시 더 볶은 후에 이번에는 휘저은 계란을 그 위에 붓는다. 때에 따라 그 위에 치즈를 얹기도 하는데, 어쨌든 조금 기다렸다가 돌돌 말아서 내면 완성되는 오믈렛. 빵 한두 조각과 함께 내놓으면 되는 너무도 간단한, 사실 몇 분 정도밖에 걸리지 않는 요리다. 오믈렛을 요리라고 부르는 게 요리에 대한 모독이라고 생각하는 사람이 있을지 모르지만, 뭐 너무 사

오믈렛, 내겐 일종의 화해의 음식이다.
닫힌 사춘기를 보내던 아들의
창문을 두드린 노크 소리이기도 하고,
아들과 은밀히 공유하는 비밀 신호이기도 하다.

소한 것에 분노하지 말자. 세상에는 우리가 힘껏 분노해야 할 더 큰 모순들이 많이 있으니까.

요즘도 가끔 내가 만든 오믈렛을 두고 아들과 나는 그때보다 더 낫다는 둥 못하다는 둥 얘기를 나누는데, 아내와 딸은 도대체 그때 그곳에서 무슨 일이 있었느냐는 질문을 던진다. 그러면 우리는 뭔가 비밀을 간직한 자들만이 가질 수 있는 아주 엷은 미소를 지으며 그냥 그런 게 있다며 슬며시 지나간다. 오믈렛, 내겐 풍부한 상징을 품고 있는 일종의 화해의 음식이다. 닫힌 사춘기를 보내던 아들의 창문을 두드린 노크 소리이기도 하고, 이젠 제법 친구 이름을 들려주는 아들과 은밀히 공유하는 비밀 신호이기도 하다.

참, 그 일주일 동안 붙어 다니면서 아들과 대화를 많이 나눴냐고? 고백하건대 전혀 그렇지 않았다. 평소에 대화를 하지 않던 부자지간이 인위적인 자리가 만들어졌다고 갑자기 될 리가 있겠는가. 오히려 그런 서먹함이 어색해서 뭐라도 얘기를 꺼내야겠다는 강박이 나를 더 어색하게 했던 것 같다. 다만 그 일주일은 아들과의 관계를 돌아보면서 아빠로서 뭔가 애를 쓰기 시작한 출발점이었다. 그 후 몇 년을 지나면서 우리는 조금씩, 아주 조금씩 더 많은 얘기를 나눈 것 같고, 공유할 게 별로 없던 우리들에게 오믈렛은 좋은 소재가 되어 주었다.

나는 운이 좋아서 아들과 동유럽에 갈 기회도 얻었지만, 반드시 그곳이 아니어도 괜찮을 것 같다. 가까워지고 싶은 누군가와 살고 있는 동네를 벗어나 그리 멀지 않은 곳에 나갈 수 있는 기회만 만들 수 있다면, 그래서 매일 먹던 밥과 아주 조금 다른 음식을 맛볼 기회를 가질 수 있다면 충분할 것 같다. 그곳에 당신의 '오믈렛' 이 기다리고 있으리라.

박경태 한국 사회 안의 인종적 · 민족적 소수자인 이주 노동자 · 화교 · 혼혈인 연구를 통해 소수자 인권 문제를 주목해 온 학자이다. 연세대학교와 미국 텍사스주립대학교(오스틴)에서 사회학을 수학했으며 성공회대학교 사회과학부와 같은 대학 NGO 대학원 교수로 재직하고 있다. 저서로는 『인권과 소수자 이야기』 『인종주의』를 비롯해서 「소수자 차별의 사회적 원인」 「국가의 억압과 소수자들의 대응」 「화교, 우리 안의 감춰진 이웃」 등의 논문이 있다.

어김없이 찾아온 봄의 기적

우리 마을에서는 3월에만 땅 주인이 없어지는데, 왜 그럴까? 그 까닭은 단순하다. 3월에는 아직 논밭에 농작물이 없고, 그곳 여기저기에 난 봄나물은 어느 집 땅이나 자유롭게 가서 캐고 뜯을 수 있기 때문이다.

어김이 없었다. 3월이 되자 갯가의 갯버들은 버들개지를 피워 올렸고, 사납던 한파도 여실하게 누그러들었다. 한낮에는 겨울옷이 답답하게 느껴질 만큼 기온이 올라갔다. 겨우내 방바닥이 뜨거워도 손이 시리던 내 작업실에서도 2월 중순 무렵부터는 더 이상 찬 공기 걱정을 하지 않아도 됐다. 기온은 그렇게 세상 전체를 지배하므로 날이 따듯해진다는 것은 곧 우리

삶이 통째로 편해진다는 뜻이기도 했다. 그러므로 어김없이 봄이 온다는 게 나는 고마웠다.

나아가 봄은, 해마다 느끼는 일이지만, 심성이 곱다. 봄은 이 사람 저 사람 구분하지 않고, 곧 심판하지 않고 온다. 봄이 심판을 하고, 그래서 누구에게는 일찍 오고 누구에게는 늦게 온다면 나는 남보다 더 늦게 봄을 맞아야 했으리라. 왜 그런가? 내 생각만 하며 남에게 못되게 굴었던 일이 있기 때문이다. 돌아보면 잘못한 일과 생각이 한둘이 아니기 때문이다.

봄의 첫날인 3월 1일, 나는 그런 내 심정을 짧은 글로 적어 봄 인사를 겸해 아는 이들에게 보냈다. 핸드폰 문자 메시지를 이용했고, 글은 이렇게 썼다.

"이 악당에게도 하늘은 당신과 똑같은 봄을 주시네요. 억울하시죠?"

곧 답이 오기 시작했다.

"이 천사에게도 하늘은 당신과 똑같은 하늘을 주시네요. 찔리시죠?"

찔리지 않았다. 나는 악인이었고, 그러므로 내게도 봄이 온 것이 나는 진실로 감사했다.

"글쎄요. 저도 악당이라서. ^^"

"제가 더 악당인 줄 모르셨군요. 그런데 저에게도 봄이 왔어요. 그러니 마음 편히 봄을 즐기세요. ^^"

"아뇨. 하나도 안 억울해요. 저도 어떤 이에게는 악당인걸요. ^^"

봄은 겨울보다 훨씬 지내기 좋다는 점에서
누구에게나 반가운 계절이다.
그 계절을 이끌고 오는 3월,
그 3월은 여러 가지 얼굴을 가졌다.

뜻밖에도 이렇게 악당이 많았다. 그런가 하면 되받아치는 이도 있었다.

"하나도 안 억울해. 약 오르지?"

나도 같은 방식으로 그에게 주먹을 날렸다.

"약 안 올라요. 이번에 진짜로 억울하시지요?"

그는 거기서 가드를 내렸다.

"하하하."

봄은 겨울보다 훨씬 지내기 좋다는 점에서 누구에게나 반가운 계절이다. 그 계절을 이끌고 오는 3월, 그 3월은 여러 가지 얼굴을 가졌다. 그 얼굴에 이름을 붙여 본 적이 있다. 이렇게.

언 땅이 녹는 달,
텃새 관찰하기 좋은 달,
햇살 아래로 나가고 싶은 달,
농부들이 논밭에 거름을 내는 달,
별장을 가진 자들이 돌아오는 달,
새싹이 돋는 달.
땅 주인이 없어지는 달.

이 가운데 '땅 주인이 없어지는 달' 만은 설명을 덧붙여야 하리라. 무슨 뜻인지 짐작이 안 가는 사람이 많을 것 같기 때문이다.

우리 마을에서는 3월에만 땅 주인이 없어지는데, 왜 그럴까? 그 까닭은 단순하다. 3월에는 아직 논밭에 농작물이 없고, 그곳 여기저기에 난 봄나물은 어느 집 땅이나 자유롭게 가서 캐고 뜯을 수 있기 때문이다. 2월에도 밭은 비어 있지만 땅이 얼어 있다. 3월이 돼야 땅이 속까지 녹고, 따라서 나물을 캘 수 있다. 가장 이른 봄나물인 냉이, 달래, 씀바귀, 고들빼기 등은 다 뿌리까지 캐서 먹는 풀이다.

올봄에도 어김없이 우리 동네 아낙과 할머니들은 들과 논밭으로 나물을 하러 다녔다. 나도 몇 차례 나섰다.

그중의 어느 하루였다. 한 가지 진실 앞에서 나는 놀라지 않을 수 없었다! 무슨 말인가 하면, 올해도 들에, 내가 캘 나물이 있다는 게 나는 믿기 어려웠고, 그만큼 고마웠다. 왜 그런가? 사람들은 들을, 그것이 논이든 밭이든 끊임없이 갈고, 비닐로 덮고, 그 위에 제초제를 뿌린다. 풀을 없애자는 게 그 일들의 목적인데, 논밭의 둑도 크게 다르지 않다. 그곳도 낫이나 예초기로 여러 차례 풀을 자르고, 어떤 이는 풀 죽는 약을 친다. 그런 폭력 속에서도 죽지 않고 살아남는 봄나물이 있다는 건 사실 경이 그 자체였다.

들이나 길가 같은 공유지도 사정은 마찬가지다. 동네 사람들을 비롯하여 외지인까지 와서 보이는 대로 여러 차례 뜯고 캐 가는데도 다시 나물

누구의 것도 아닌 것이,
그래서 아무나 가서 얻어 올 수 있는
봄나물이 봄의 들에는 많이 있어야 한다.
그런 세상을 우리는 만들어 가야 한다.

이 얼굴을 내밀고 있다는 게 나는 놀라웠다. 큰 사랑이 아닐 수 없다. 커도 아주 무지하게 큰 우주의 사랑이다. 왜 그런가? 쑥과 냉이가 난 곳을 보라. 그들이 자라는 그곳에 우리는 지난해 어떤 일을 했는가? 씀바귀와 고들빼기가 난 곳을 보라. 우리는 그곳에 지금까지 어떤 짓을 해 왔는가? 우리가 땅에 한 일을 놓고 보면 한 포기의 냉이와 달래가 거기 아직도 살아남아 있는 게 기적이다. 어떤 큰 힘의 배려가 있지 않고서는 있을 수 없는 일이다. 이렇게 나는 논밭과 들판에 난 봄나물에서 우주의 헤아리기 어려운 큰 사랑을 그날 보았던 것이다.

사실은 봄나물만이 아니다. 인간이 지구에서 벌이고 있는 일들을 생각하면 다시 봄이 온다는 그 자체가 기적이다. 지진이나 폭풍 없이 멀쩡하게 풀과 나무의 새싹을 틔우며, 그렇게 온유하게 다시 봄이 온다는 자체가 내가 보기에는 그 안에 어떤 큰 사랑이 작용하지 않고는 불가능한 일이었다.

그렇다. 벌써부터 자연이 많은 언질을 하고 있는 게 사실이다. 벌이 크게 줄어들었고, 기상이변도 해마다 늘어나고 있다. 지구 규모에서 보면 자연재해, 곧 자연의 경고도 훨씬 빈번해졌다. 그 속에서도 우리는 다시 봄이 오는 걸, 봄나물이 나는 걸 당연시 여길 뿐 그것이 기적처럼 감사한 일인 줄 모른다.

지진 해일로 망가진 일본의 후쿠시마 원자력 발전소 사건을 보라. 원자력 발전소 주변 지역은 광범위하게 사람이 살 수 없는 곳으로 바뀌었고,

언제 그 난리가 끝날지도 알 수 없다고 한다. 무서운 일이다.

모든 것이 변했고, 변하고 있다. 시골에서 평생을 보낸, 그래서 해마다 봄이면 봄나물을 뜯어 상에 올려 온 내 어머니가 증언한다.

"봄나물이 많이 줄었다. 옛날에는 흔했는데……."

내 관찰에 따르면 봄나물만이 아니라 나비도 줄어들고 있다. 올해는 해마다 듣던 벙어리뻐꾸기 소리도 들리지 않는다. 곤충이 줄어들면 새도 그 영향을 받고, 사람이라도 예외는 아니다.

해마다 보이던 새나 벌레가 보이지 않으면 무엇보다 먼저 마음이 편치 않다. 불안하다. 벌의 감소는 양봉 농가만의 문제가 아니다. 과수 농가가 그 일로 고통을 받게 되고, 그 결과 과일이 줄어들면 모든 이가 그 피해를 나눠 져야 한다. 사과와 배와 복숭아와 같이 흔한 과일이 어느 날부터 보기 어려워진다고 상상해 보라.

이렇게 위험한 세상인데도 다행히 올해도 우리 집에서는 냉이로 된장찌개를 지졌고, 달래는 날것으로, 개망초와 고들빼기는 삶아 무쳐 밥상에 올렸다. 쑥으로는 쑥떡을 만들었다. 미나리는 오징어를 넣고 전을 부쳐 먹었다. 어떤 날은 쑥으로 국을 끓이고, 여러 종류의 나물을 한꺼번에 삶아 무쳐 먹기도 했다. 벌금자리, 꽃다지, 회잎나무 잎사귀 등이 거기에 들어갔다. 그렇게 상을 차리고 가족이 둘러앉아 밥을 먹으며 아버지와 어머니, 우리 내외, 그리고 어린 자식 모두 행복했다.

이것은 우리 집만이 아니고 한국의 오래된 봄 풍경인데, 이것으로 충분하지 않을까. 냉이나 달래, 쑥과 고들빼기쯤은 어디나 흔한, 그래서 언제고 가서 잠깐이면 뜯고 캘 수 있는 그런 세상이 좋은 세상이다. 그 자리에는 빌딩과 원자력 발전소 따위를 짓지 않는 게 좋다. 학교나 사원, 혹은 교회조차 그곳에는 짓지 않는 게 좋다. 적어도 봄나물 정도는 흔한 세상을 우리는 지켜 가야 한다. 누구의 것도 아닌 것이, 그래서 아무나 가서 얻어올 수 있는 봄나물이 봄의 들에는 많이 있어야 한다. 그런 세상을 우리는 만들어 가야 한다.

달래와 냉이는 하찮은 풀이 아니다. 생각해 보라. 우주에 풀과 나무가 있는 별은, 현대 과학의 말을 들어 보아도 지구 하나뿐이라고 한다. 그것은 달리 말하면 냉이와 달래는 우주에 하나뿐인, 곧 우주가 인간에게 만들어 주는 풀이라는 뜻이 된다. 달래와 냉이는 곧 우주가 인간에게 보내온 봄 선물이라는 뜻이 된다.

그러므로 인류는 이렇게 감사 기도를 해야 한다.

'큰 하나시여, 감사합니다. 이 죄인을 용서하시고 올해도 봄을 주시어 감사합니다. 또 봄나물을 주시어 감사합니다.'

더 바라지 말아야 한다. 다시 봄이 오고, 벌과 새가 날고, 봄나물이 많이 나면 된다. 그것으로 충분하다. 그곳에 천국이 있다.

뜰에 목련이 피었습니다
흰 꽃입니다
인간의 언어로는 표현할 수 없는
정결한 흰 꽃입니다

저는 지금 꽃 아래 서서
목련꽃을 보고 있습니다
목련꽃도 저를 보고 있습니다

손해라든가 이득이라든가
이겼다든가 졌다든가
돈이 있다든가 없다든가
그런 인간의 분별심과는
전연 관련이 없는
순백의 꽃의 마음으로 목련꽃이
인간인 저를 보고 있습니다

속이 좁고 겁쟁이인 데다
자기 현시욕만큼은

누구보다 강하고

게다가 미인에는 약하고

거짓말을 자주 하는

어쩌지 못하는 인간인 저를

목련의 흰 꽃이 보고 있습니다

—「꽃이 보고 있습니다」, 아이다 미츠오

최성현 강원도 산골에서 농사를 지으며 3대가 한집에서 살고 있다. 『바보 이반의 산 이야기』 『좁쌀 한 알』 『산에서 살다』 『시코쿠를 걷다』를 썼고, 『짚 한 오라기의 혁명』 『여기에 사는 즐거움』 『어제를 향해 걷다』 『경제성장이 안되면 우리는 풍요롭지 못할 것인가(공역)』를 우리말로 옮겼다.

젊은 날의 삶을 잘라 내며

세상에 의지할 곳이 없었던, 그래서 자신이 스스로에게 견고한 기둥이 되어야 했던 청년은 마침내 일어나 무거운 발을 끌고 고향으로 가는 버스를 탔다. 버스가 천천히 움직일 때 나는 고개를 들어 밤하늘을 울려다보았다. 어두운 밤하늘에 별이 떠 있었던가.

어머니는 삼복 중 하루를 잡아 꼭 닭백숙을 끓였다. 닭백숙을 우리 집에서는 그냥 '닭죽' 이라고 불렀다. 만드는 방법은 간단하다. 닭을 충분히 삶으면 연노란색 뽀얀 국물이 나온다. 그러면 닭은 건져 내고 그 국물에 미리 불린 멥쌀을 넣고 팔팔 끓인다. 그다음에는 미리 건져 놓은 닭고기를 쭉쭉 찢어 넣으면 끝이다. 닭 한 마리로 대가족이 먹어야 했기에 찢는 과정에 섬세한 공정이 필요했다. 가능하면 아주 가늘게 찢어 양을 늘렸고 그릇을 일렬로 늘어놓은 다음 분배하는 과정에도 심혈을 기울였다.

우리 어머니는 효성도 남 비슷한 정도였고 남편에 대한 곡진함도 아이들에 대한 지극정성에 미치지 못해 늘 애들 그릇에 먼저 닭고기가 수북했다. 두 어른, 그러니까 우리 아버지와 할머니는 멀건 국물로 채워진 어머니의 그릇 사정을 아는지라 묵묵히 숟가락을 놀릴 뿐이었다. 집안 형편이 나아진 다음에도 그러한 분배 방식은 전통처럼 지켜졌다. 훗날 부모가 된 다음에야 아이들에게, 특히 남자 삼형제가 있는 집 밥상이 늘 부족했을 것이라고 추측했다. 그러나 궁색한 의식은 그 이상의 의미도 있었을 것이다.

가끔 아내는 내 몫의 음식을 아이들에게 밀어 주곤 하는 것을 타박한다.

"먹을 거 많은데 왜 그래?"

설명하기 쉽지 않지만 그때는 그랬다. 어머니가 당신 몫에서 떼어 내준 음식이 더 맛있었다. 아마 어머니 말씀대로 더 살로 가지(영양이 되지) 않았을까? 장례식장이나 제사를 지낸 다음 향이 스며든 음식이 더 복된 음식이듯이. 나는 내 아이들에게도 그 맛을 경험하게 해 주고 싶다.

지금도 팔팔 끓는 솥에서 건져 낸 닭을 한 번 쭉 찢은 다음 재빨리 찬물에 손을 담그시던 어머니의 뻘겋게 익은 손이 눈에 선하다. 그 와중에도 어머니는 부리나케 우리 자식들 입으로 고기 조각을 쑥 넣어 주셨다. 부드럽게 혀를 파고드는 쫀득쫀득한 감칠맛! 그 맛 때문에 나는 지금도 닭죽이 좋다.

밖에서 사 먹는 닭죽은 어머니의 닭죽과는 다르다. 무엇보다 닭을 다 먹은 다음에 후식처럼 죽이 나온다. 그래서 죽에 닭고기가 들어 있지 않다. 물론 여러 색깔의 채소가 쌀알 크기로 섞여 있어 보기도 좋고 씹는 맛도 나쁘지 않지만 닭과 죽이 따로 나와 어쩐지 갑자기 격식을 차린 친구를 마주한 듯 어색하다. 이름도 그저 투박해서 정겨운 '닭죽' 대신 근엄하게 '닭백숙' 이라니!

처음 '닭백숙' 을 먹은 것은 관촌에서였다(『관촌수필』의 관촌이 아닌 전라북도에 있는 관촌이다.). 군 입대를 며칠 앞두고 부모님은 그 멀리까지 나를 데리고 가서 닭백숙을 사 주셨다. 식당은 네 명의 신선이 놀았다 하여 '사선대' 라고 불리는 꽤 운치 있는 정자 옆에 있었다. 여름이었지만 그다지 덥지 않았던 것은 정자 너머로 작은 강이 흐르고 있었거나, 말복이 넘지는 않았어도 입추가 벌써 지났기 때문이었을 것이다. 며칠 뒤 아들을 군대로 보내야 하는 애달픈 부모는 말없이 음식이 나오기만을 기다리고 있었다. 그 와중에도 식당 뒤뜰에서는 닭이 달아나고 그것을 잡으러 뛰어가는 소음이 여과 없이 들려왔다. 조금 전에 아버지가 손가락으로 가리킨, 진녹색 철망으로 둘러싸인 제법 너른 산자락을 씩씩하게 활보하던 바로 그놈이 지르는 비명 소리이리라.

그날 처음 먹어 본 닭백숙의 맛은 잘 기억나지 않는다. 다만 살아 있을 때보다 두 배는 더 커진 닭의 외형을 전혀 허물어트리지 않고 교묘하게 살코기만을 발라 내 접시 위에 놓던 어머니의 분주한 손가락이 또렷하게 떠오른다. 닭고기가 들어 있지 않는 닭죽을 앞에 놓고 오랫동안 그것이 가진 단점을 파헤치면서 불평을 늘어놓았을지도 모르겠다. 어쨌든 긴 낮이 어느새 지나가고 어스름이 사방에서 몰려오고 있었다. 강물이 고요히 흘렀던가. 그때 아버지가 나지막하게 당신 얘기를 시작했다.

아버지는 열여덟 살에 처음 기차를 타고 목포에 가셨다고 했다. 유달산에서 도시의 밤풍경을 내려다보는데 신기루에 홀린 기분이었다고도 했다.

"세상에, 별보다 더 반짝거리는 게 있을 것이라고는 상상도 못했다!"

아버지는 그길로 가족들을 데리고 고향을 떠났다. 이미 결혼했고 부양해야 할 할머니와 동생들도 있었다. 예나 지금이나 농사를 지어 대가족이 연명할 수 없으니 새로운 일을 찾아 도시로 나섰던 것이다. 그러나 전라도에서 가장 번화한 항구, 목포에도 농사꾼 청년이 할 일은 없었다. 낮에는 막일을 하고 밤에는 좌판을 벌여 보았지만 신통치 않았다. 그래도 항구의 불빛을 가슴에 품어 버린 청년은 죽어도 고향으로 돌아가기가 싫었다. 이루어질 수 없는 소망으로 흔들리는 게 바람이라면, 바람이 든 것이다.

아버지는 열여덟 살에 처음
기차를 타고 목포에 가셨다고 했다.
유달산에서 도시의 밤풍경을 내려다보는데
신기루에 홀린 기분이었다고도 했다.

바람은 고향을 떠날 때, 아니 고향에 살 때부터 이미 들어 있었다. 아버지의 아버지, 즉 나의 할아버지에게는 형제가 있었고 사촌도 있었다. 그분들에게는 아버지 또래의 자식들도 있었다. 아버지의 사촌, 육촌 형제들이다. 돌봐 줄 아버지가 살아 계셨던 아버지의 사촌, 육촌 형제들은 그 당시 대학을 다니고 있거나 대학 진학 준비를 하고 있었다. 그러나 아버지가 없었던 내 아버지는 생계 걱정을 하며 가장 노릇을 했다. 그러니 한없이 자신을 초라하게 만드는 그곳을 벗어나 당신만의 꿈을 가져 보고 싶은 바람이 들지 않았을 것인가.

선산이 있어 추석이나 한식 때 고향에 가게 된다. 마을 초입에 들어서면 한눈에 다 담아 낼 수 없는, 그러나 고개를 한 번만 돌리면 두 눈에 다 들어오는 정도의 규모. 그 마을의 중심에 지금은 퇴락했으나 한때의 위엄을 충분히 짐작하게 할 만큼 반듯한 집 한 채가 서 있다. 아버지의 옛 집이다. 사람은 평생 세 번의 집을 짓는다고 했던가. 할아버지가 그 집을 짓다가 돌아가신 다음 서너 해를 그 집에서 더 살았다. 그다음에 마을 가장자리에 있는 집으로, 그다음에는 마을에서는 보이지 않고 집에서만 마을이 보이는 마을 언저리로 이사했다. 돌아갈 수 없다면 잊어버리는 게 낫다. 늘 옆에 두고 현재의 처지와 비교하게 된다면 '그때가 좋았다고 할 아름다운 옛날' 조차 상상하지 못한다.

"어릴 때는 일꾼들이 업고 다녀서 땅을 밟지 않고 살았어!"

고모님이 가끔 자랑처럼 얘기하는 어릴 때의 무용담은 상상의 거리를 갖지 못한 채 현실을 맴돌 뿐이었다.

목포에서 더 이상 버티지 못하고 아버지는 결국 군대에 갔다. 병역의 의무를 져야 했으므로 '가야 했다' 는 표현이 더 적당하다. 어머니는 누나를 등에 업고 홀로 고향으로 돌아왔다. 마을조차 보이지 않는 집에서 여자 혼자 아이를 키우면서 3년을 살게 되면 아이는 여자에게 모든 것이 된다. 어머니는 아이 말고 다른 모든 가치를 사치스럽게 여기게 되었다. 어머니를 타향에 버려 두고 군대로 들어가야 했던 아버지에게도 3년은 결코 짧지 않았다. 50여 년이 지난 지금도 그때 두 분이 보내야 했던 무섭고 외로웠던 3년은 서로에게 완전한 화해를 가로막는 상처로 남아 있다.

아버지는 제대하자마자 서울로 올라가 택시를 타고 남산 일주를 했다. 당대 가장 높고(겨우 5층이었는데 어지러웠다고 하셨다.) 가장 웅장했던 화신백화점 옥상에 올라가 서울 거리도 내려다보았다. 자기 자신에게 다시는 누릴 수 없을 호사를 시켜 준 다음 아버지는 아직 대학에 다니던 사촌형제들을 찾아갔다. 그날 아버지는 마음속에 불던 바람을 껐다. 그렇게도 이른 나이에 청년 시절을 스스로 마감하고 돌아와 그다음 40년을 소처럼 일했다.

아버지는 오랫동안 어두워진 강을 바라보았다. 검푸른 강물에 별이 하나 둘 반짝거렸던가. 난 아버지에게서 그날 그 청년의 모습을 보았다.

청년은 옹색하지만 무궁한 미래의 빛이 달빛이 되어 창으로 들어오는 하숙방에서 사촌들 사이에 누워 잠을 청했을 것이다. 사촌들과 함께 대학 교정을 거닐면서 선망으로 두 눈을 두리번거렸을 것이고 대학생들 사이에 끼어 잘 마시지 못하는 술을 마시고 비틀거리기도 했을 것이다. 먼 훗날 몇 번 인생의 고비를 넘어야 할 때 분에 넘치게 마신 다음 정신을 놓아 버리고 거리를 기면서 엉엉 우는 습관을 그날 처음 시작했을 것이다. 세상에 의지할 곳이 없었던, 그래서 자신이 스스로에게 견고한 기둥이 되어야 했던 청년은 마침내 일어나 무거운 발을 끌고 고향으로 가는 버스를 탔다. 버스가 천천히 움직일 때 나는 고개를 들어 밤하늘을 올려다보았다. 어두운 밤하늘에 별이 떠 있었던가.

아버지는 군 입대를 앞둔 아들을 위로하고 싶었을 것이다. 위로는 치료할 수 없는 상처를 가진 사람 앞에 자신이 가진 상처를 내보이는 행위다. 치료할 수는 없지만 똑같은 상처를 가진 사람이 이 세상에 또 있다는 사실에 안도하여 고독으로부터 벗어나 연대의식을 나누는 행위.

아버지는 군 입대가 나에게 치료할 수 없는 상처라는 걸 아셨다. 그러기에 그때까지 단 한 차례도 열지 않았던 봉인을 풀고 상처 속에 손가락을 넣어 사무치는 회한을 내보였던 것이다. 그날 나는 젊은 날의 삶을 잘라냈다. 제대를 하고 다시 시작할 때 지켜 주지 못했다는 까닭에 죽는 날까지 치료할 수 없는 상처를 안고 살아가야 할 인연들도 버렸다.

위로는 치료할 수 없는
상처를 가진 사람 앞에
자신이 가진 상처를
내보이는 행위다.

어느새 닭 한 마리가 계골탑을 이루고 있었고 후식으로 나온 죽도 말끔히 비워져 있었다. 아버지의 위로 덕분일까, 아니면 닭백숙이 진짜 효험이 있는 것일까? 며칠째 지끈거리던 두통이 계속되던 미열과 함께 사라졌다.

그런데 방금 인터넷 사이트에서 닭과 죽을 같이 끓이는 '닭죽' 레시피를 찾았다. 닭죽이 우리 집 고유의 음식이 아니었던가?

강량원 연극 연출가. 2007년부터 '월요연기연구실'을 열어 배우의 행동과 그 생각에 바탕이 되는 이론과 실천적인 지침을 제공하고 나아가 워크숍으로 관객과 공유해 나가고 있다. 라신의 「페드라」, 장 주네의 「하녀들」, 베케트의 「크랩의 마지막 테이프」, 고골의 「비밀경찰」, 함세덕의 「바다제비」, 체호프의 「세 자매」 등의 희곡을 연출했고 고골의 「외투」, 도스토옙스키의 「죄와 벌」, 그림 형제의 「염소소사」, 크뢰츠의 「아이를 가지다」, 카프카의 「변신」, 윌리엄 포크너의 「내가 죽어 누워 있을 때」, 에밀 졸라의 「테레즈 라캥」 같은 소설을 각색 · 연출했다. 또 「샘플 054씨 외 3인」과 「상주국수집」 등의 희곡을 쓰고 연출했다.

잘 차린 한 상

가끔 생의 한순간은 그냥 한순간이 아니라 '마술적인 순간'으로 마음속에 깊이 남을 때가 있다. 나에게는 누군가가 나를 위해 밥 한 상을 잘 차려 주던 순간들을 그렇게 부를 수 있을 것 같다. 더구나 그 한 상을 차려 주었던 사람이 잘 알지 못하는 사람일 때는 더욱 그러하다.

가끔 생의 한순간은 그냥 한순간이 아니라 '마술적인 순간'으로 마음속에 깊이 남을 때가 있다. 나에게는 누군가가 나를 위해 밥 한 상을 잘 차려 주던 순간들을 그렇게 부를 수 있을 것 같다. 더구나 그 한 상을 차려 주었던 사람이 잘 알지 못하는 사람일 때는 더욱 그러하다. 일생을 통 털어 단 한 번 만난 사람인데 그 사람이 차려 주었던 단 한 번의 잘 차린 한 상. 그 기억 속에서 그 순간과 그 사람은 신화 속의 별이 된다. 나에게도 그런 일이 있었다.

외국 생활이 오래되면 될수록 향수는 그리운 음식으로 환원된다. 나는 경상남도 진주 출신인데 내 고향은 바다도 가깝고 산도 가까워서 물산이 풍부한 곳이었다. 남해 바다에서 나오는 해물은 말할 것도 없고 너른 밭에서 거둔 농산물에다가 지리산 깊은 자락에서 나오는 산채까지 먹을거리로 넘쳐나던 곳이었다. 경상도 음식이 맵네 짜네 하지만 내 고향의 음식은 간도 슴슴하고 맛도 순했다. 특히 진주비빔밥은 맛도 맛이지만 그 모양새가 좋아서 '꽃밥' 이라고도 불렸다. 대구탕은 또 어떤가. 대평 밭에서 거두어들인 무를 굵게 썰고 잘 말린 고춧가루를 풀어 칼칼하게 끓인 그 탕을 대구 아가미 젓을 넣고 버무린 깍두기에 걸쳐 먹으면 기가 막혔다. 들깨를 풀어 토란과 고사리, 잘게 다진 조갯살을 넣고 끓인 국은 내 할머니의 명품이었는데 할머니와 사이가 좋지 않았던 며느리인 내 어머니도 좋아하신 국이었다. 그렇게 손이 많이 가는 음식이 아니어도 어린 시절을 채웠던 음식들은 유별나게 기억이 난다.

봄의 움파를 넣어 만든 양념장,
여름날의 콩국 한 그릇,
만추를 장식했던 전어 밤젓,
겨울 한복판에 살가웠던 시래깃국.

독일 유학 생활이 길어질수록 나는 애써서 그 음식들을 잊어버리려고 했다. 어쩌다가 감기라도 든 날, 그런 음식을 생각하면 당장이라도 돌아갈 비행기 표를 끊고 싶었기에. 독일 마을의 어느 골목에서 감자와 양파 볶는 냄새를 맡기라도 하는 날이면 시험을 목전에 앞두고 들여다보던 책장이 그렇게 무거울 수가 없었기에.

감기가 든 늦가을 저녁, 목이 퉁퉁 부어 아무것도 넘길 수도 없는 상황에서, 아니 어쩌라고 아귀찜이 먹고 싶은가? 나는 내 기억의 끈질김에 원망을 하며 감기약을 삼키다가 기어코 같은 도시에서 공부를 하던 친구에게 전화를 하고 말았다.

"뭐 해?"

"아프니?"

"응……, 감기."

"밥은 먹었니?"

"아니."

"왜 그렇게 청승을 떨고 있어! 당장 갈게."

그리고 그 친구가 왔다. 오자마자 그녀는 가지고 온 가방을 풀었다. 그리고 라면 두 봉지와 김치를 가방에서 끄집어내었다. 그녀는 고춧가루를 풀어 라면을 끓이더니 김치 한 접시를 쟁반에 담아서 내가 누워 있는 침대 근처로 왔다.

BN·AMRO
독일 유학 생활이 길어지면 길수록 나는
애써 그 음식들을 잊어버리려고 했다.
어쩌다가 감기라도 든 날, 그런 음식을 생각하면
당장이라도 돌아갈 비행기 표를 끊고 싶었기에.

"밥통에 밥이 하나도 없네. 그럼 우선 이것이라도 먹어. 밥은 나중에 해 줄게."

그녀는 부산이 고향인 역사학도였다. 공부만 할 줄 아는 사람이었다. 그 흔한 화장은커녕 퍼머를 해 본 적도 없었다. 한창 박사 논문을 준비하느라 정신이 없을 텐데 아프다니까 무작정 달려온 것이다. 내가 라면 그릇 쪽으로 고개를 숙이고 가만히 있자 그녀는 젓가락을 집어 들었다. 먹어, 안 먹으면 이 타국 생활 어쩌려고 그러니? 무조건 땀 내고 누워 있기. 땀이 살길이야. 내가 한 그릇은 다 못 먹겠다고 하자 그녀는 그릇을 하나 더 가지고 와서 라면을 덜어 내었다. 그리고 나를 보며 빙긋이 웃었다. 먹어. 반이잖아. 나는 친구가 끓여 준 라면을 정말 땀을 뻘뻘 흘리며 먹었다. 그랬더니 참 신기하게도 감기가 천천히 내 몸에서 빠져나가는 것 같았다.

우리는 그날 밥을 해서 먹고는 오랫동안 고향에서 가져온 음악들을 들었다. 함께 노래를 부르기도 하고 노래에 대한 추억에 대해서 이야기를 나누기도 했다. 밤이 이슥해서야 그녀는 돌아갔다. 가기 전에 그녀는 이랬다. 나, 연애해. 그런데 프랑스 남자야.

그녀가 연애를 한다? 나는 그녀가 독일 근대사와 연애를 하는 줄만 알았다. 독일의 같은 도시에서 공부를 하다 보니 과는 달라도 도서관에서 만난 그녀였다. 한동안 나는 중앙도서관이 문을 닫는 시간까지 그곳에 머문 적이 있는데 그녀도 그 시절을 그렇게 보내고 있었다. 밤이 깊어서야 도서관을 나서던 우리는 말을 서로 건네게 되었고, 인근에 있는 맥주 집으로 가서 맥주를 같이 마셨고, 이런저런 이야기를 나누다가 친해졌다. 같은 나이 또래라 그랬기도 했지만 그다지 평탄하지 않았던 그녀와 나의 가족사가 우리를 묶어 주기도 했다. 내가 연구소 생활을 시작하면서 중앙도서관에 들를 일이 뜸해지면서 자주 만나지는 못했지만 우리는 좋은 친구가 되었다. 그리고 그날 그녀가 연애한다고 말했을 때 나는 기뻤다. 그녀의 연애사는 딱 90년대 초반에서 끝나 있었다. 사귀던 사람이 있었고 헤어졌다는 것만 나는 알고 있었다. 그 연애의 경험이 지독해 그녀가 그 이후로 다시는 연애를 시작하지 않았다는 것도 알고 있었다. 가끔은 그 경험이 그녀를 책 속으로 도망가게 만든 건 아닌가 생각했다. 그런 그녀가 다시 한 사람을 만나다니. 감기가 든 와중에 그런 따듯한 소식을 듣다니, 참 좋은 일이었다.

더 좋은 일은 감기가 다 나을 무렵 일어났다. 그녀에게 전화가 왔고 나를 초대했다. 아니 그녀의 새 남자친구가 나를 초대한 것이다. 나는 색깔이 예쁜 양초 두어 개와 포도주도 한 병 사서 저녁 무렵 그녀의 남자친구인 폴의 집으로 갔다. 그의 아파트는 학생들이 많이 사는 곳에 있었다. 내가 초인종을 누르자 "잠깐만 기다리세요!" 하는 프랑스어 억양이 섞인 독일어가 경쾌하게 들려오더니 곧 문이 열렸다. 계단 층계에 그는 그녀와 함께 서 있었다. 키가 그리 크지 않고 갈색 고수머리를 가진 폴이 나에게 손을 내밀었다. 눈이 커다랗고 시원해서 선한 인상을 주는 선선한 사람이었다. ㅎ 발음을 잘 못하는 프랑스 사람답게 그는 "안녕아세요?" 라고 한국말로 나에게 인사를 건넸다. 아는 한국어라고는 그 말밖에 없다는 말을 독일어로 덧붙이면서.

나도 인사를 나누고 집 안으로 들어가니 지금은 프랑스 대통령의 아내가 된 카를라 부르니의 노래가 은은하게 들려왔다.

폴은 요리를 잘한다고 했다. 어디가 고향이냐고 물었더니 마르세유가 고향이라고 했다. 아, 그 항구 도시. 언젠가 나도 그 항구 도시를 스쳐 지나간 적이 있다고 했다. 그는 할머니 밑에서 자라서 늘 부엌에서 할머니를 도왔다고, 그래서 음식하는 것을 어릴 때부터 할머니에게서 보고 배웠다고 했다. '부모님은?' 이라고 하마터면 물을 뻔했다. 그러나 묻지 않았다. 다만 그에게 준비해 간 와인을 내밀었고, 그는 부엌으로 나를 안내했다.

부엌에는 생선을 끓이는 냄새가 가득했다. 폴은 나에게 생선을 좋아하느냐고 물었다. 그리고 내 식성을 물어보지도 않고 자신의 고향 음식을 준비했다고 미안하다고 덧붙였다. 고향 음식? 이 생선으로 만든 음식이? 하긴 마르세유는 항구이니 생선으로 만든 음식이 얼마나 많을 것인가. 독일에서 생선으로 만든 음식을 드물게 보아 온 나로서는 약간 신기하다는 느낌을 받았다. 이거, 우리나라 매운탕이랑 비슷해. 친구는 나에게 백포도주 한 잔을 건네며 말했다. 그게 그래, 생선이 많이 나는 곳에서는 생선으로 만든 음식이 많은 건 당연하잖아. 맞는 말이었다.

와, 생선으로 끓인 스프라니. 이거, 이름이 뭐야? 나는 친구에게 물었다. 친구는 폴에게 물어보라고 했다. 폴은 나를 화덕 앞으로 데리고 가더니 냄비 뚜껑을 열어 보이면서 말했다. 부야베스야. 마르세유 어부들의 음식. 잡어를 이용해서 끓인 생선 수프. 냄비 속에는 토마토를 넣은 붉은 국물이 생선 토막 사이에서 조용히 끓고 있었다.

그 순간, 나는 갑자기 말이 많아지기 시작했다. 응, 내 고향에도 이거랑 비슷한 음식 있어. 흔하고도 값이 싼 생선을 넣어서 끓인 국.

폴은 말했다. 그렇지? 너희 고향 나라도 삼면이 바다로 둘러싼 곳이니 이런 비슷한 음식이 많겠지. 마르세유에서도 그래. 바다로 나간 어부들이 돌아와 어시장에서 팔다가 남은 생선과 흔하게 구할 수 있는 채소와 양념을 넣어 끓인 국. 스페인 음식인 빠에야도 그렇잖아, 이것저것 남은 생선이나 고기나 햄에다가 쌀을 넣고 만든 음식. 지금은 세계에서 가장 유명한 음식 중에 하나가 되었지만 시작은 가난한 사람들의 음식이었던 셈이지. 어릴 때 자라던 할머니 집에 작은 텃밭이 있었거든. 연금이 쥐꼬리만 했던 할머니는 텃밭에다 이런저런 채소랑 허브를 키웠어. 아침이면 마르세유 어부들에게 가서 팔다가 남은 생선을 헐값으로 사 왔어. 그리고 밭에서 자라던 채소랑 허브랑 넣어 이 수프를 끓인 뒤 바게트랑 함께 상에 올렸지. 우리는 자주 부야베스를 먹었어. 아니면 라타투이. 폴의 얼굴에 그 순간

부야베스야. 마르세유 어부들의 음식.
잡어를 이용해서 끓인 생선 수프.
냄비 속에는 토마토를 넣은 붉은 국물이
생선 토막 사이에서 조용히 끓고 있었다.

행복한 미소가 지나갔다.

그때, 나는 라타투이라는 음식 이름을 처음 들었다. 지금 우리는 '디즈니' 에서 만든 영화를 통해 그 음식을 알게 되었지만 내가 폴을 알게 된 것은 90년대 말이었다. 라타투이? 그건 뭔데? 처음엔 서로 밋밋하고 어색해서 대화를 잘 나누지 못하다가 고향 음식 이야기가 나오자 말문이 트인 듯했다. 프랑스 남부 지방의 태양 아래에서 잘 익은 가지와 파프리카, 주키니(호박)를 썰어서 양파와 함께 올리브유를 넣고 볶다가 백포도주를 조금 넣고 토마토를 넣고 뭉글하게 끓이는 음식, 라타투이. 전날 먹다가 남은 딱딱해진 빵을 잘게 썰어 마늘과 파슬리 가루를 뿌려 살짝 구워서는 라타투이에 곁들여 먹곤 했어. 하도 라타투이를 자주 먹으니까 한번은 할머니에게 말했지. 오늘은 다른 것 좀 먹어요. 할머니는 쓸쓸히 웃으시면서 내 어깨를 토닥거렸어. 그래……, 내일은 닭고기를 먹자. 연금이 나오는 날이니 은행 가서 연금 찾고 닭을 한 마리 사러 가는 거야. 그리고 폴은 신이 나서 그 닭을 할머니가 어떻게 요리했는지 들려주었다.

폴로 시작된 어린 시절 고향에서 먹었던 음식에 관한 대화는 친구가 계속 이어 갔다. 부산이 고향이었던 그 친구는 돼지국밥이며 밀면 이야기를 들려주더니 미역국에다가 도다리를 넣고 끓여 주던 어머니를 떠올렸고 집 근처 시장에서 맛보던 오뎅 이야기를 했다. 폴이 구운 가지에다가 바질 소스를 끼얹어 먹는 음식 이야기를 하면, 친구는 심심하게 만든 가지

나물 이야기를 했고, 나는 그 옆에서 가지 냉국 이야기를 하며 대화에 끼어들었다. 폴이 다시 검은 올리브와 토마토를 넣고 만든 생선찜 이야기를 하면, 친구는 꾸덕꾸덕 말린 명태와 콩나물을 넉넉히 넣고 만든 명태찜을 이야기했고, 나는 들깨 가루를 풀어 넣고 만든 미더덕찜을 이야기했다. 그 사이 사이 포도주잔이 오갔고 폴이 끓인 부야베스가 접시에 담겼다.

부야베스 국물을 한 모금 넘기자마자 나는 행복해졌다. 그 맛 속에 지금은 이 세상에 없는 어떤 분의 얼굴이 떠올랐다. 할머니의 집에서 집안일을 돌보아 주던 어느 아주머니의 얼굴이었다. 그분은 고향이 섬진강 가 어디였는데 내 고향 진주에서는 맛보기 어려운 어탕을 아주 잘 끓이셨다. 민물고기와 삶은 배추와 숙주나물, 불린 고사리와 토란대를 양껏 넣고 어탕을 끓이실 때면 빚에 쫓겨 나왔다던 그분에게도 고향은 아주 살갑게 다가온 듯했다. 여름이면 마당에 평상을 내놓고 우리들은 그 아주머니의 어탕에 국수를 넣어 땀을 뻘뻘 흘리며 먹곤 했다. 폴이 끓인 부야베스의 국물에 바게트를 적셔 먹는데 나는 그 순간 어탕 국수 생각이 났다. 그 거한 한 상, 한 사람의 마음을 그렇게도 달게 채우던 음식의 기억 앞에서 아주머니 얼굴과 폴의 할머니 얼굴이 겹쳐졌다. 폴과 친구, 그리고 나는 오랫동안 저녁 식탁에 앉아 이야기를 나누었고 그 저녁은 신화의 한순간으로 남았다.

그 이후로 나는 폴을 한 번도 본 적이 없다. 내가 그에게 초대를 받아

부야베스를 먹은 지 얼마 되지 않아서 폴의 여자친구가 임신 7개월인 채로 나타났고 그 이후로 친구는 폴을 더 이상 만나지 않았다고 했다. 폴에게 내 고향의 음식인 비빔밥을 만들어 주기로 약속했는데 그에게 내 고향의 음식을 만들어 줄 기회는 사라져 버린 것이다. 그것도 그렇지만 친구가 오래 새로운 사랑을 시작하지 못하리라는 예감을 받았다. 잔뜩 술에 취해 내 기숙사를 찾아온 그녀를 위해 라면을 끓이면서 문득 그런 생각이 들었던 것이다.

폴과 그의 여자친구는 노르망디의 어느 도시에서 지금 산다고 했다. 하지만 나는 부야베스라는 생선 수프를 어디에선가 만날 때마다 여전히 폴이 생각난다. 그 신화의 한순간도. 결국 위로가 되는 시간은 그 신화의 순간이기에. 내 고향의 음식들을 떠올리는 그 순간, 그 음식이 가까이 있었던 그 순간이 나에게 신화인 것처럼. 친구 역시 그랬나 보다. 그녀는 자주 이렇게 말하곤 했다. 폴이 부야베스는 잘 끓였는데…… 그러니 아이도 잘 만드나 봐…….

허수경 시인이자 고고학자이다. 스물다섯 나이에 세상을 통달한 듯한 시어로 80년대 시대가 할퀸 인간들의 삶을 담은 첫 시집 『슬픔만 한 거름이 어디 있으랴』로 시인으로 등단했다. 시집을 두 권 내고 한국을 떠나 뮌스터대학교대학원에서 고대근동고고학을 공부했다. 지금껏 펴낸 시집으로 『슬픔만 한 거름이 어디 있으랴』 『혼자 가는 먼 집』 『내 영혼은 오래되었으나』 『청동의 시간 감자의 시간』 『빌어먹을, 차가운 심장』이 있고, 산문집 『길모퉁이의 중국식당』 『모래도시를 찾아서』, 장편소설 『모래도시』 『아틀란티스야, 잘 가』 『박하』가 있다.

8년 동안 다슬기 국을 끓이신 어머니

우리 아버지는 일찍 돌아가셨다. 간이 좋지 않으셨다. 간이 좋지 않다는 말을 들은 어머니는 이른 봄 깊은 산골짜기 논에 가서 돌미나리를 캐다가 아버지를 먹이셨다. 봄 내내 그렇게 아버지의 건강을 챙기셨다. 그러다가 날이 풀리고 다슬기들이 나오기 시작하면 어머니는 논밭 일을 끝내고 돌아오며 날마다 다슬기를 잡아 왔다.

뜨거운 여름 동네 사람들은 저녁밥을 먹으면 모두 앞 강에 나가 강물에 몸을 담그고 낮 동안 더워진 몸을 식혔다. 땅을 짚고 느릿느릿 헤엄을 치면서 놀기도 하고, 강물에 몸을 담그고 목만 물 밖으로 내놓고 어두운 강물 속에 있는 바위들을 더듬어 다슬기를 잡기도 했다. 한 10분쯤 그렇게 강물 속 바위를 더듬으면 금방 바가지 가득 다슬기가 잡혔다.

낮 동안 강물 속 돌멩이 밑이나 큰 바위 틈에 숨어 있던 다슬기들은 해가 넘어가면 숨어 지내던 돌멩이 위나 바위 위로 슬슬 기어 나왔다. 사람들이 멱을 감으려 강물 속으로 발을 들이밀면 이런 다슬기들이 발바닥에 수도 없이 밟혔다. 그래서 캄캄한 밤 물 속 바위들을 더듬어 다슬기를 짧은 시간에 많이 잡을 수 있었다. 머리통만 한 바위 하나만 조심스럽게 더듬어도 다슬기가 한 주먹씩 손에 쥐어졌다.

물론 낮에도 다슬기를 잡는다. 낮에는 다슬기들이 돌 밑에 숨어 지내기 때문에 강물 속에 있는 돌멩이를 뒤집어 보면 돌멩이 밑에 새까맣게 다슬기들이 붙어 있다. 해가 저문 날 동네 처녀들이 하얀 적삼에 까만 치마를 입고 물에 코를 박은 채 도란도란 다슬기를 잡는 모습은 내게 늘 그림처럼 서늘하게 그려져 있다. 다슬기를 잡아 소쿠리에 담는 찰싹찰싹 소리가 멀리까지 들리기도 했고, 누님들의 애써 감춘 흰 장딴지가 물 밖으로 보이기도 했다. 나도 학교 갔다 와서 보리쌀도 갈아 놓고, 감자도 긁어 놓고, 텃밭의 상추도 솎아다가 씻어 놓고, 잠깐 시간이 나면 얼른 강물로 가서 다슬기를 잡아다 국을 끓이기도 했다.

다슬기 국은 반찬거리가 없는 시골에서 가장 손쉬운 국이었다. 다슬기 중에 참다슬기와 몰다슬기가 있다. 참다슬기는 흐르는 맑은 물에 살며 색깔이 까맣고 아이들 엄지손 한 마디만큼 큰 것도 있다. 동글동글하다. 참다슬기로 국을 끓이면 국물이 파랗고 시원했다. 국을 다 먹으면 다슬기

낮 동안 강물 속 돌멩이 밑이나 큰 바위 틈에
숨어 있던 다슬기들은
해가 넘어가면 숨어 지내던
돌멩이 위나 바위 위로 슬슬 기어 나왔다.

를 까먹었는데, 참다슬기는 속도 참 맛있었다. 어떤 것은 쌉쓰름하기도 했다. 몰다슬기는 몸이 길쭉했는데, 찬물이 나는 도랑이나 모래밭 같은 데에 많이 살았다. 우리들은 몰다슬기보다 참다슬기를 더 좋아했다.

반찬이 없는 여름철에 다슬기 국은 누구나 쉽게 끓일 수 있는 참으로 간단한 국이었다. 다슬기 국 한 그릇이면 밥 두 그릇도 먹어 치울 만큼 다슬기 국은 농사철 바쁜 동네 어머니들에게 손쉬운 국거리가 되어 주었다. 파란 다슬기 국에 식은 보리밥 한 그릇을 달팍 부어 말아 훌훌 떠먹으면 밥만 입으로 들어가고 국물은 그릇에 그대로 한 그릇이었다. 밥 한 그릇을 다시 말아도 거뜬할 정도로 국물은 넉넉하게 남았다. 다슬기 국은 뜨거운 밥보다도 식은 밥에 말아 먹으면 더 맛이 있었으니, 여름철에는 더없이 좋은 음식이었다. 또 다슬기 국을 다 먹은 뒤 큰 그릇에 다슬기를 담아 내어 놓고 식구들이 달 뜬 마당에 빙 둘러앉아 다슬기를 까먹는 일도 정말 즐거운 일이었다. 바늘이나 싸리비 꽁지를 꺾어 다슬기를 까먹는 후룩후룩 소리가 집집마다 들렸다. 실이 꿰어진 바늘로 다슬기를 까 구슬처럼 길게 꿰어 눈이 어두운 할머니께 드리던 아름다운 기억들이 눈에 선하다. 서로 큰 다슬기를 집으려고 그릇 안에서 다투던 동생들의 손도 눈에 선하다.

우리 동네 사람들은 다슬기를 오래 까먹다 보니, 다른 도구를 이용하지 않고도 입술로만 까먹을 줄 알게 되었다. 어느 날 시 쓰는 신경림 선생님이 집에 오셨다가 내가 입으로만 다슬기를 까먹는 것을 보고 정말 즐거워하시던 생각이 난다. 자기도 가르쳐 달라고 졸랐지만 이건 기술로 되는 게 아니고 오랜 세월 그 어떤 숙달된 감각으로만 되는 일이었다. 마치 모내기를 어느 날 잘할 수 없는 것처럼 말이다. 또 어느 날은 사람들과 시내에서 밥을 먹으러 갔는데, 다슬기가 한 접시 나왔다. 물론 다슬기 접시에 이쑤시개가 놓여 있었다. 나는 또 무심히 그냥 다슬기를 입으로만 훌훌 까먹었다. 한참 까먹다 보니까 식당이 조용했다. 이상하여 고개를 들어 보았더니, 식당에 있는 사람들이 다 나를 바라보고 있었다. 의아한 눈을 하고 말이다. 이상했던 모양이다. 이상한 일이다. 나도 어떻게 그렇게 입술로만 다슬기를 까먹을 수 있는지 모르겠기에 말이다.

다슬기는 새끼의 수가 무던히도 많고 자라기도 빨리 자란다. 동네 여자들이 밤마다 징검다리에서 멱을 감으며 다슬기를 그렇게 잡아도 다슬기는 계속 꼭 그렇게 잡혔다. 다슬기는 자기 어미를 파먹으며 나온다고 한다. 다슬기의 끝까지 다 빨아 먹으면 끝 부분에서 서캐만 한 작은 새끼들이 씹히곤 했다. 비가 오려고 할 때 징검다리 바위에 새까맣게 달라붙은 다슬기 새끼들을 손으로 쓱쓱 훑어다가 국을 끓이면 국물이 가을 하늘처럼 파랬다. 작은 다슬기 새끼들은 와삭와삭 깨물어 먹어도 괜찮았다.

우리 동네에는 어찌나 다슬기가 많던지 동네 앞에 '다슬기 방죽'이 있을 정도였다. 다슬기 방죽에는 다슬기도 많은 데다 물이 다슬기 국물처럼 파란색이어서 그렇게 불리었다. 그런데 요즘은 차들이 있어서 밤이면 동네 앞이 불야성을 이룬다. 순창이나 임실, 전주에서 일부러 다슬기를 잡으러 오는 것이다. 그런데 물이 오염되어서 예전에 비해 다슬기들이 많이 줄어들었다. 국물도 옛날처럼 푸르지도 않고 맛도 어림없다.

다슬기 국은 끓이기가 간단하다. 다슬기를 잡아다가 몇 번 쌀 씻을 때처럼 손으로 비벼 다슬기에 묻은 물때를 씻어 낸 다음, 찰찰 흔들어 씻어 물에서 건져 놓으면 물이 쏙 빠지고 다슬기들이 자기 몸을 자기 집 밖으로 길게 내어놓는다. 다슬기들이 기어가려고 몸을 밖으로 길게 내어놓을 때 펄펄 끓는 물에 탁 털어 부으면 다슬기들이 순식간에 죽는다.

다슬기 국에 들어갈 재료는 매우 간단하다. 다슬기, 파란 애호박, 조금 굵게 채처럼 썬 하지감자나 큼직하게 자른 하지감자, 풋고추 매운 것, 된장, 마늘 꽁꽁 찧은 것. 그러나 화학조미료를 넣지 않아야 다슬기 맛의 진면목을 볼 수 있다. 싱거우면 장으로 간을 맞춘다. 밥을 말아 먹고 남은 국물을 후루룩 마시다 보면 나중에 호박과 된장이 남는데, 이 호박과 된장이 참 맛이 있다. 다슬기 수제비를 만들려면 다슬기 익은 것을 꺼낸 뒤 다슬기 몸을 까서 국에 넣으면 된다. 양식이 부족할 때 밀가루를 버무려 대충대충 손으로 떼어 넣은 수제비는 참 맛있었다. 작은 다슬기 알은 까먹기가 어렵기 때문에 확에다 보리쌀을 갈 때처럼 닥닥 갈면 껍질은 깨지고 알은 잘 으깨지지 않기 때문에 알갱이로 수제비를 끓여 먹기도 한다. 아니면 알갱이만 무쳐 먹기도 한다.

거의 하루도 거르지 않고
그렇게 아버지가 돌아가실 때까지
8년 동안 다슬기 국을 끓이셨다.

위장에도 좋고 술국에도 좋다는 다슬기 국, 하얀 사발에 맑고 파란 다슬기 국, 몇 그릇의 밥을 말아 먹어도 심심하지 않는 다슬기 국, 반찬거리가 없는 날 어머니가 국솥에 물을 붓고 아궁이에 불을 간단하게 지펴 놓은 뒤 얼른 징검다리로 달려 나가서 다슬기를 잡아다 끓이던 다슬기 국, 뜨거운 국물을 마시면 그렇게 시원하던 다슬기 국, 그 다슬기 국을 땀을 흘리며 먹는 것도 여름을 잘 지낼 수 있는 일 중의 하나였다.

우리 아버지는 일찍 돌아가셨다. 간이 좋지 않으셨다. 간이 좋지 않다는 말을 들은 어머니는 이른 봄 깊은 산골짜기 논에 가서 돌미나리를 캐다가 아버지를 먹이셨다. 봄 내내 그렇게 아버지의 건강을 챙기셨다. 그러다가 날이 풀리고 다슬기들이 나오기 시작하면 어머니는 논밭 일을 끝내고 돌아오며 날마다 다슬기를 잡아 왔다. 그리고 이런저런 다슬기 음식을 만드셨다. 뭐니 뭐니 해도 다슬기는 국이 제일이었다. 그 덕분에 우리들도 거의 날마다 다슬기 국을 먹었다. 가을이 되면 다슬기들이 깊은 물로 모여든다. 집단으로 모여 겨울을 나는 것이다. 추워져 강물에 들어갈 수 없을 때도 어머니는 어떻게든 다슬기를 잡아 왔다. 늦가을 다슬기들이 깊은 곳으로 모이면 싸리비를 가지고 가서 쓸어 모아 쌀 이는 조리로 다슬기를 건져 올렸다. 거의 하루도 거르지 않고 그렇게 아버지가 돌아가실 때까지 8년 동안 다슬기 국을 끓이셨다.

어머니는 아버지를 정말 좋아하셨다. 내가 어른이 되어 결혼을 한 후에야 나는 어머니가 아버지를 정말 좋아하신다는 것을 깨달았다. 좋아하는 것은 숨기지 못한다. 무뚝뚝한 아버지도 어머니를 좋아하셨다. 어머니는 아버지를 처음 본 순간 딱 반하셨다고 한다. 그 첫 마음이 변하지 않은 행복한 여자가 바로 우리 어머니가 아닌가 한다. 8년 동안, 우리 아버지에 대한 그 변함없는 사랑 위에 어머니는 인간에 대한 예의를 다하신 것 같았다. 인간이 인간을 어떻게 대해야 하는가를 어머니는 다슬기 국을 통해 우리들에게 그렇게 가르쳐 주셨다. 다슬기를 잡은 소쿠리를 들고 어둑한 강 길을 종종걸음 치는 모습이 지금도 눈에 선하다.

아버지가 돌아가시기 전에 우리들과 어머니에게 이렇게 말씀하셨다.

"나랑 사니라고 애 많이 썼구만. 사는 일이 금방이네.
사는 것이 바람 같은 것이여. 풀잎에 이는 바람이구만."

김용택 시인. 1982년 창작과비평사에서 펴낸 '21인 신작 시집'『꺼지지 않는 횃불로』에 「섬진강」 외 8편을 발표하면서 문단에 나왔다. 그 후 시집『섬진강』『맑은 날』『그대, 거침없는 사랑』『그 여자네 집』『나무』『연애시집』『그래서 당신』『수양버들』 등을 냈고, '김수영문학상' '소월시문학상' 등을 받았다. 산문집으로『그리운 것들은 산 뒤에 있다』『섬진강 이야기 1 · 2 · 3』『인생』『아들 마음 아버지 마음』『사람』『오래된 마을』『아이들이 뛰노는 땅에 엎드려 입 맞추다』『내 곁에 모로 누운 사람』『김용택의 어머니』 등을 냈고, 자신이 사랑하는 시를 묶어 평한『시가 내게로 왔다 1 · 2 · 3 · 4 · 5』를 냈다.